ラルーナ文庫

気高き愚王と野卑なる賢王

野原 滋

三交社

CONTENTS

Illustration

白崎小夜

気高き愚王と野卑なる賢王

本作品はフィクションです。
実際の人物・団体・事件などにはいっさい関係ありません。

目の前の扉が開かれたとき、私はどんな絶望を迎えるのだろう。

香月秀瑛《かづきしゅうえい》は玉座に着いたまま、静かにそのときを待っていた。

鬨《とき》の声、断末魔の叫び、ガラガラと壁が崩れ去る音。響き渡る喧噪《けんそう》は、ここ数日ずっと続いている。

秀瑛以外の王族は極秘の地下通路を抜け、今頃城外へ脱出したことだろう。秀瑛一人が、ここで最期を待つばかりだ。

城はすでに取り囲まれている。秀瑛の祖先である壬《みずのえ》の民が長く治めてきたここ、壬乃《みの》国《くに》は、今や敵国の手に落ちた。

王である秀瑛が捕らえられれば、千年余も続いたこの国の歴史は一旦閉じる。だが、壬の血が続く限り、再建の機会はきっと訪れよう。我が命が絶えても、壬の志は受け継がれるのだ。その日が来るまでどうか皆で生きながらえてくれと、秀瑛は暗闇《くらやみ》に向け、静かに祈りを捧げた。

王の座を引き継いだその日に、秀瑛は終焉《しゅうえん》を迎える。

慌ただしい戴冠の儀を終え、秀瑛は壬乃国の新王として今、玉座に着いていていた。前王の父は涙を流し、秀瑛との別れを惜しんだ。そして必ずや領地を奪還し、壬乃国を再建してみせると、息子に誓ってくれたのだ。

秀瑛の犠牲を決して無駄にはしないと。

遺恨も恐怖もない。それが自分に与えられた役目ならば、喜んで引き受けよう。自分の死により、この戦《いくさ》を終わらせられることができるのなら、幸福だとさえ思うのだ。

前王自らが冠《かぶ》せてくれた冠に手を触れる。秀瑛の手を握ってくれた父の温《ぬく》もりが蘇《よみがえ》る。王としての務めに忙しい父とは、十八の歳《とし》を迎えた今まで、数えるほどしか顔を合わせたことがなかった。それゆえに、父の流してくれた涙がありがたく、嬉《うれ》しかった。

この国を担う者として、ずっと努力を続けてきた。それがこのような形で玉座に着くことになろうとは、考えもしなかった。

だが、戦に敗れてしまった今は、仕方のないことなのだ。自分の命は天命に任せ、ただひたすら壬乃国の未来の再建を願うのみだった。

王の印《しるし》として賜った剣を腰に差し、玉座に座したまま、秀瑛は最期のときを待つ。

やがて、静謐《せいひつ》を保つ王の間の扉が破られ、無遠慮な足音がなだれ込んできた。

魚鱗甲《ぎょりんこう》に身を包んだ兵士たちが、玉座に着く秀瑛を一斉に見据える。手にしているのは槍《やり》や剣、その切っ先にはおびただしい血の色が塗られていた。

兵たちの中に、鎧《よろい》を着けない町人のような様相の人間も混じっている。おそらくは案内役を買って出て、どさくさに紛れて王城の金品を奪おうと目論《もくろ》んだ兎人《とびと》たちだ。

黒髪に黒の瞳《ひとみ》を持つ、純血の壬こそが壬乃国の民であり、それ以外の者は兎人と呼ばれている。秀瑛ももちろん漆黒の瞳に長い黒髪を持っていた。

教養も、高い意識も持たない兎人を城下に置き、生活の糧を与えてやったのに、敵国の襲来に乗じて王族を襲った愚か者どもだ。我が壬がもたらした恩恵を忘れ、裏切り、敵国に手を貸し、今は壬乃国の王の間にズカズカと足を踏み入れている。

目の前で秀瑛を見据える者たちは皆、獲物を前にした獣のように目を血走らせていた。肌の色も瞳の色も様々な、濁りを持った兎人の様相に、このような野蛮な輩《やから》に我が身を触れさせるのかと思い、秀瑛の身体《からだ》に怖気《おぞけ》が走った。

「お前は誰《だれ》だ。王の姿が見えないが。どこへ隠した」

先頭に立つ兵が口を開く。

「私が壬乃国の王、香月秀瑛である」

秀瑛の声に、兵が目を見開いた。

「お前は違う。壬乃国の王、新條《しんじょう》王を出せ。さては逃がしたか」

秀瑛の存在を認められず、兵が恐ろしい形相で秀瑛に迫る。

「新條王は私の父だ。次期王の座を私が賜ったのだ。玉座に着く私の姿が見えぬか。私がこの国の王である」

揺るぎのない声で、秀瑛は自分が王であると再び告げる。なだれ込んできた兵たちは、凛然《りんぜん》とした秀瑛の姿に、気圧《けお》されたように押し黙る。

「城は落ちた。壬乃国の王秀瑛の命を以《もっ》て、この戦を終わらせる」

新條王の子として生まれ、国を担うための教育を受けてきた。自分の命など何ほどのこともない。

「王の印である冠と宝玉、剣もここにある。私はまさしく壬乃国の新王、秀瑛である。さあ、私を連れていけ」

王の首を獲《と》ろうと勇んで乗り込んできた兎人たちは、見覚えのない若き新王の姿に戸惑い、次の行動を図りかねていた。不測の事態に対応できない愚鈍な民だと、秀瑛は兵たちを睥睨《へいげい》する。

「どうした。王の間で首を刎《は》ねるのは、いくらお前たちでもできかねると思い、表へ連れよと言っている。それともこの場で刎ねるのか？　さあどうするのだ。お前たちは王を捕らえるために、大勢でここまでやってきたのだろう？　一人では何もできないか。愚か者どもよ」

愚民どもに一矢報いたい思いで、秀瑛は彼らに冷たい言葉を放った。

「時間稼ぎに身代わりを立て、王は逃げたか」

ざわめく兵たちの後ろから凜とした声が響き、人の波が割れた。一際大きな体軀《たいく》を持つ男が、秀瑛の前に現れる。

他の兵士たちと同じ、鉄の魚鱗甲を着け、手には長槍を掲げていた。男が歩くたびに空気が動き、風が吹くようだ。他の兵士たちも身体だけは大きいが、厚みと硬さ、そして男の纏《まと》う威圧感で、一回り以上も大きく見える。

たっぷりとした黒髪を一つに結わえ、秀瑛を見据える眼光は鋭く、その瞳は深い碧色《みどりいろ》をしていた。太い眉《まゆ》に、はっきりとした顔貌《がんぼう》は、古《いにしえ》の伝説に聞く鬼のようだと秀瑛は思った。

「地下通路でも伝って城を出たのだな、この国の王は」

「……私が王だ」

気圧されそうになりながらも、秀瑛はかろうじて威厳を保ち、そう答えるが、男はフ、と鼻で嗤《わら》った。

「自分の命が危ういと見るや、城を捨てて逃げたか。粗陋《そろう》な壬らしい逃げ足の速さだ」

「我が王族を愚弄《ぐろう》するか！」

卑しい身分の一兵士の冷笑に、思わず声を荒らげる秀瑛だが、男は口端を片方だけ引き上げたまま、秀瑛を見下ろしている。

「壬乃国の礎《いしずえ》を築き、ここまで発展させたのは我が祖先、壬の民だ。粗陋などという言葉は、豊かなこの国を焦土と化したお前たちのことを指すのだ」

秀瑛の反論に、男はおどけたように肩を竦《すく》める。ふてぶてしい態度に拳《こぶし》を握る秀瑛を、男が煽《あお》るように見つめて言った。

「これはまた異なことをおっしゃる。この地は元々我らの土地であったものを、お前たち壬が奪ったのではないか」

「そのようなことがあるわけがない」

「壬は略奪と根回しが得意な民族なのだろう？　騙《だま》しの手口で国を得、自分たち以外の民を奴隷のように扱う」

「嘘《うそ》をつくなっ！」

「お前は盗賊の末裔《まつえい》なのだよ」

謂《いわ》れのない嘲笑《ちょうしょう》に、秀瑛はついに立ち上がり、男を睨《にら》み上げた。

王の印として与えられた宝剣に手をかけ抜き去ろうとする秀瑛に、周りの兵たちが色めき立つ。おめおめと捕らえられ、今のような侮辱をこれからも受けるのであれば、ここで刃《やいば》を交えて果てたほうがましだ。

秀瑛が鞘《さや》に手を置いても、男は微動だにせず、秀瑛を静かに見下ろしている。男の纏う風圧に力の差を感じた。秀瑛が斬《き》りかかれば、おそらくは一太刀《ひとたち》で自分は沈むことになるだろう。それでもかまわない。

侮辱されたまま生きるのは、王の道に反する。

「秀瑛と名乗ったか。王の何番目の継承者だ？　新條王には妃が三人いると聞いたが」

秀瑛の殺気にも何も感じないようにして、男が問うてきた。

「第二王妃の長子である」

母は自分が産まれてまもなく亡くなったと聞いている。秀瑛の上に第一王妃がもうけた男子がいたのだが、そちらも幼くして亡くなり、自分が継承者となった。

第三王妃には娘しか恵まれず、第一王妃がもう一人男子を産んだが、それも生まれてすぐに亡くなった。

「私が第一にして唯一の継承者だ」

「他の皇子を殺して権利を得たか。流石《さすが》に忌まわしい壬の子孫だな」

男の愚弄が続き、鞘に置いていた手に力を込めると、「瑞龍《ずいりゅう》様」と、男の足下に跪《ひざまず》く兵士がいた。

「新條王は、おそらくは秘密の通路を通り、外へ逃げ出したのでしょう。まだ遠くへは行っていないはず。城に火を放ち、燻《いぶ》りだしましょうか」

「……いや、火は使わずに捜索を続けよ」

兵士が「はっ」と頷《うなず》き、数人がバタバタと王の間を出ていく。

「城を燃やすのは忍びない。元々は我らのものだったのだからな」

瑞龍と呼ばれた男が、まだそんな戯《ざ》れ言《ごと》を放ち、それから秀瑛に視線を戻した。

「お前の父も、その他の王族も、我々の祖先から領地を奪い、民を苦しめた罰を受けなければならない」

「民を苦しめたのは、戦を始めたお前たちだ」

「我々はお前たちが『兎人』と呼び、奴隷扱いした民を解放し、我が土地を奪還するために戦に挑んだ」

「まだ言うか！　出鱈目《でたらめ》を言うなっ！」

激昂《げっこう》する秀瑛にかまわず、瑞龍は足下に傅《かしず》く兵に「連れていけ」と、命じた。

兎人の兵士二人が秀瑛に歩み寄り、両腕を押さえる。

「壬の血を根絶やしにする。逃亡者は草の根分けても探し出し、皆殺しにしてやる」

瑞龍は石のように硬く冷たい双眸《そうぼう》を向け、そう言い放った。


放り込まれたのは石でできた穴蔵のような小屋だった。

窓はなく、今投げ入れられた入口も、這《は》わなければ潜《くぐ》れないほどの小さな穴で、秀瑛が閉じ込められたあとは、鉄の柵《さく》で塞《ふさ》がれている。

「一応王様だということだからな、一人部屋にしてやったぞ」

秀瑛を放り込んだ男がこちらを覗《のぞ》き込みながらそう言った。

「お前たち壬が俺たち兎人に強いたのと同じ扱いをしてやるよ。明日からは他の罪人たちと一緒に働いてもらう。せいぜい泣き暮らせ」

男が言い残し、姿を消した。

王の間から連れ出された秀瑛は、城外で処刑されるものと思っていたのだが、生かされたまま敵国「兎乃国《とのくに》」へと運ばれてきたのだ。

秀瑛と対峙《たいじ》した瑞龍とは、あれから顔を合わせていない。地下通路から逃げ出した父たちを探して奔走しているのかもしれない。

「ここで明日から労働させられるのか……」

処刑を免れても、幸運だとは考えられなかった。

小屋の奥には布きれの載った板が一枚敷いてあり、どうやら寝床のようだ。

秀瑛のいる小屋以外にも、人の気配がする。壬乃国で捕らえられた壬の民や、罪を犯した囚人たちなのだろう。明日からそれらとともに過酷な労働を強いられるのか。

鉄格子の間からは西日が射していた。目隠しをされたまま連れてこられたので、ここが兎乃国の領地のどの辺りなのかは分からない。

兎乃国は、壬乃国よりも遙《はる》か西に位置していたはずだ。岩と砂に囲まれた、貧困な土地だと教えられた。格子の隙間《すきま》から見える光景も荒涼としていて、緑豊かな壬乃国とはまったく違っていた。

「……父上はどうしているだろうか」

他の姉妹や妃たちは戦いが始まったときにいち早く脱出させたと聞いた。父は現王として最後まで城を守り、持ちこたえられなくなる寸前で苦渋の判断を下したのだ。

「どうか無事でありますように」

涙で崩れた父の顔と、「頼むぞ」と言いながら握ってくれた手の温もり。秀瑛は自分の拳を包み、父たちの無事を祈った。

壬の血が絶えさえしなければ、いずれ壬乃国は再建する。

豊かで平和な国だった。民の安穏な生活を破り、自分たちをこのような立場に追いやった兎乃国が憎い。

兎乃国は、罪を犯して壬乃国から放逐された罪人や、盗賊のなれの果てが築いた小国だ。野蛮な者の集まりで、知性もなく、取るに足らない国だと思っていたのだが、点在する他国を巻き込み、壬乃国に住む兎人たちをもそそのかし、我が国を襲ってきたのだ。

その上、自分たちの蛮行を棚に上げ、秀瑛たち壬の民を盗賊の末裔だと罵《ののし》った。とんでもない妄誕無稽《もうたんむけい》に、再び怒りが込み上げる。

「どちらが盗賊の末裔だ。あの瑞龍という男め……」

深い碧色の瞳は、雑多な血の混じる兎人の証《あかし》だ。あのような下劣な男に自分たちの国のことを悪し様《あざま》に言われ、悔しくてたまらなかった。あのとき死を覚悟で剣を抜けばよかったと後悔する。

次に会う機会があればきっと……。

そう心に誓い、拳を握りしめるが、秀瑛が再び瑞龍と会う機会はおそらく訪れないだろう。どれほどの地位に就いているのかは知らないが、一兵団を統べる立場を持つあの男が、囚人が労働する地域になど足を踏み入れるはずもない。

次に会うのは、たぶん自分が処刑されるときだ。そしてそのときが来るまで、秀瑛はこの乾いた辺境の地で、ずっと労働を強いられるのだ。

今日の命は免れた。だが明日は分からない。

そして、どれだけ命が長引こうとも、もはや自分に安寧の日は訪れない。

あの王の間を辞した瞬間から、秀瑛の絶望は始まっている。この命が終わる瞬間まで、ずっとこれは続くのだ。


労働者としての日々が始まった。

主な労働は、兎乃国の荒涼とした土地の開拓作業だった。朝は日が昇る前から広場に集められ、その日の労働内容を言い渡される。大岩を砕き、運び、硬い土を耕す作業を延々と続けさせられる。

兎乃国の領地は土が荒く、耕したところで作物が採れるとは到底思えないものだった。

それでも秀瑛たち労働者は、兵の監視の下、果てしのない作業を繰り返すのだ。

壬乃国であれば今は春の季節のはずだが、ここにはまだ冬がどっしりと居座っていた。けたたましい半鐘の音で目覚め、すぐさま広場へ引っ張り出される。薄い布一枚で夜を過ごし、凍えた身体を太陽が昇る前の冷たい空気に晒《さら》さなければならない。

ガチガチに震える身体を、労働することで温める。やがて日が昇ると、今度は乾いた風に水分を持っていかれ、ずっと喉《のど》の渇きを堪《こら》えたまま、作業をさせられた。

過酷な労働の日々に、秀瑛の手はすぐさまひび割れ、肌も髪もカサカサに荒れた。監視の兵たちは、労働者の動きが少しでも止まると、容赦なく怒号を飛ばし、ときには棒で打たれることもあった。

秀瑛に対する兵たちの仕打ちはことさらきつかった。一つに結んだ長い髪を引っ張られ、棒で足をかけられ、転ばされることもしょっちゅうで、秀瑛はそのたびに無言で立ち上がり、作業に戻ることを繰り返す。

「王様の口には合わないだろう」と、食事を取り上げられ、空腹のまま午後の労働に突入することもしばしばだ。

「お綺麗《きれい》な顔がボロボロだな。ここでは手入れをしてくれる下僕もいないからな」

城から連れ出されたままの着物は、三日も経つと袖も裾《すそ》も破れ、布の間から腕やふくらはぎが見えていた。絢爛《けんらん》豪華な刺繍《ししゅう》を施された布は泥で汚れ、他の囚人たちよりもボロを纏った有様で、兵たちはおろか、他の労働者にまで笑われる。

壬乃国の王の惨めな姿は、兎人たちの恰好《かっこう》のからかいの種になり、そんななりを晒しながら、秀瑛は歯を食いしばって働いた。

元々城にいたときから、民の暮らしを知れという教えにより、贅沢《ぜいたく》はしてこなかった秀瑛だ。空腹も過酷な労働も、初めての体験というわけではないから耐えられる。

十四の歳には、城下の兵たちとともに、訓練も受けた。秀瑛の身分が周りに知れると、扱いが不平等になるからと、ずっと身分を隠したまま過ごしていた。だから王座に着く直前まで、秀瑛は次期王として民に姿を現したことがないのだ。

兎乃国からの襲撃がなければ、即位はもっとあとになるはずだった。二十歳《はたち》を迎えたときに、皇太子として民の前に顔見せをする予定だったのが、十八の今、秀瑛は壬乃国の王になり、兎人たちの憎悪の対象として、こうして衆目に晒されている。

いつ死んでもいいと思っている。だが天命はまだ下らない。だから今はただ黙々と、秀瑛は与えられた作業を繰り返すだけだ。

ただ、兵士たちの揶揄《やゆ》が鬱陶《うっとう》しかった。すぐに音を上げるだろうと思っていたのが、思いの外強靭《きょうじん》な精神を見せる秀瑛に、兵たちの仕打ちが度を増していく。

五日目になると、裂けた着物の裾がすだれ状になり、かろうじて布を纏っているような有様になっていた。石を運ぶときに地面に飛び出た木の枝に裾を引っかけ、足を止めれば監視兵が怒鳴る。

「おら、さっさと働け。休むんじゃねえ」

どう見ても休んでいるのではないと分かるだろうに、兵士はニヤニヤしたまま棒の先で秀瑛の身体を突っついてきた。

「早く動けよ。そんなペラペラしたもん纏ってっから動きづらくなるんだよ。いっそ裸にでもなりゃあいい」

「そりゃいいな。見た目は女みてえだものな。少しは楽しめるか」

からかいの声が飛び、下卑た笑いが起こる。

周りの兵や囚人たちに比べ、まだ年若い秀瑛は、幼い風貌《ふうぼう》を残しており、それも彼らの嘲笑の種になった。ボロ布を纏っていても、そこから見える肌は白く、棒を使ってわざと捲《めく》ってくる。

「娯楽のない作業場だ。目を楽しませてくれや」

裾を割って入ってきた棒でさらに布を捲られ、秀瑛は我慢できずにその棒を摑《つか》み、渾身《こんしん》の力で払った。

棒を振り払われた男が一瞬驚き、次には「生意気な」と、棒を振り上げる。秀瑛は打たれるのを覚悟で男を睨み据えた。

「打つなら打てばよい。お前たちの娯楽に付き合うつもりはない」

低く、それでもよく通る声で言い放つと、棒を振り上げたままの男の動きが止まり、それからもの凄《すご》い形相で睨みつけてきた。

「……粋がるなよ。ここでは王様の我《わ》が儘《まま》なんざ通じねえんだから」

「私がいつ我が儘を言った。作業を中断させたのはお前のほうだろう」

「うるせえっ！」

振り下ろされた棒を咄嗟《とっさ》に摑み腕を振ると、男の身体がいとも簡単に反転し、地面に転がった。

「これしきのことで膝《ひざ》をつくのか。訓練がまるで足りないな。お前の仕事は監視ではないのか？　労働する者の邪魔をしてどうするのだ」

奪い取った棒を地面に投げ、秀瑛はすだれ状になった自分の着物の肩を摑み、思い切り引き裂いた。

「確かにこれでは作業がしづらい。こうしておけば枝に引っかからずに済む」

そう言いながら、秀瑛はもう片方の着物の袖も取り去り、裾も引き裂いた。布が斜めに裂け、腿《もも》まで露《あら》わになる。そんな秀瑛の姿を、周りの者たちが呆気《あっけ》に取られて眺めていた。

「さあ、私は作業に戻るが、まだ文句があるのか」

秀瑛に棒を奪われた兵士は苦々しい顔を作り、立ち上がったと思ったら、そのままその場を去っていく。いたぶるつもりが逆襲を食らい、面目を潰《つぶ》されたのだろう。

秀瑛は何事もなかったように石を担ぎ、再び足を進める。

どの輩も下品で教養のない、愚かな兎人どもだ。味方のいる前でしか大きな口を叩《たた》けず、ほんのわずかの反抗に怯《ひる》む。挑む勇気がないなら、初めからちょっかいなど出さなければいい。

淡々と石を運ぶ秀瑛を、周りの者たちが忌々しい目で眺めていた。


その日の夕方。労働は終わりという時刻になっても、秀瑛だけは持ち場から帰ることを許されなかった。

「お前のせいで作業が遅れた。その分働け」

石運びの作業が終わると、作業場に残された道具を秀瑛一人で片付けろと命じられた。日はとうに落ち、他の労働者たちは夕餉《ゆうげ》を与えられ、各々の小屋へ戻っていた。鋤《すき》や台車を一人黙々と運ぶ秀瑛の側《そば》で、監視役たちが酒を飲み始める。

「早く終わらせねえと、食いもんがなくなっちまうぞ」

「なあに、どうせ残りもんだ。王様の口には合わねえよ」

「いいや。こいつはけっこう食い意地が張ってるぜ。いつもガツガツと口に運んでるもんよ」

「俺も見た。ここじゃあ身分なんぞ関係ねえもんな。王様も空腹には勝てねえだろうよ」

大声で秀瑛を貶《おとし》め、それをつまみにして酒を飲んでいる。

「それにしても、一日で音を上げるかと思っていたもんだが、案外もってるじゃねえか」

「ああ、王様の泣き顔が見られると楽しみにしていたのによ。しぶといもんだ」

兵士の間では、いつ秀瑛が無様に泣き言を漏らすのかと、賭《か》けをしていたようだ。

「俺ぁ三日と踏んだが、もう五日目だぞ。それに近平《きんぺい》よ、昼間のあれは、情けねえことになったもんだ」

「うるせえよ、黙っとけ」

秀瑛を棒でからかい逆襲を受けた近平が、声を荒らげ酒を呷《あお》る。

「だいたい生意気なんだよ。泣き顔一つ見せねえで、仏頂面で作業しやがる。少しは弱ったところを見せれば、こっちも可愛《かわい》がってやるってのによ」

「無理無理。お前じゃあ腕の一本もへし折られて、逆に泣く羽目になるぞ」

ゲラゲラと笑い声が立ち、男たちの酒盛りが進んでいく中、秀瑛は命じられたとおりの片付けを終え、自分の小屋に帰ろうとした。

「おい、勝手にどこへ行くんだよ」

「仕事はすべて終わった。小屋に帰る」

「まだ終わっちゃいねえ。仕事終わりは俺たちが決めるんだ。お前は囚人なんだよ」

近平が横柄な口を利き、犬を呼ぶように秀瑛を手招きした。

「次の仕事は俺たちの酌だ。壬乃国の王様にみんな、酌してもらおうぜ」

「……それは労働とは思えないが」

「だからお前の決めることじゃねえって言ってんだろ。黙って注《つ》げよ」

目の前に椀《わん》を突き出され、兎人に酌をするという屈辱に、秀瑛は顔を歪《ゆが》めながら酒瓶を持つ。そんな秀瑛の表情に、昼間の鬱憤《うっぷん》を晴らした近平は、満足したように下卑た笑いを浮かべ、秀瑛に酌をさせている。

「その着物も大概なことになっているな。そうだ、どうか私に着物をお恵みくださいと俺たちに頼んでみな。そうしたら替えの着物を与えてやるぜ？」

「けっこうだ」

「どうせなら女物の着物でも着てみるか？　そっちのほうが似合いそうだ」

近平の声に、男たちが「そりゃあいい」と、手を叩く。

「そんで毎晩俺たちにこうして酌をしてくれよ。そしたら軽い労働に変えてやってもいいんだぞ。ほら、お願いしてみろ。『私に施しをしてください』ってな」

酒臭い息を吹きかけながら顔を近づけてきた近平の椀を奪い取り、その顔に酒を浴びせかけた。

「ぅわっぷ。……何しやがんだ、てめえ！」

「お前たちに施しを受けるぐらいなら、裸のまま労働したほうがましだ。その汚い顔をこちらに向けるな」

言いたいことを言い放ち、その場を立ち去ろうとした腕を摑まれた。

「……おい、待てよ」

「離せ。私は小屋へ帰る。お前たちの遊びに付き合っていられない」

「お前、自分の立場が分かってねえようだな」

握りつぶしそうな強い力で近平が秀瑛の腕を摑み、その顔は怒りでどす黒く変色していた。他の連中も笑顔を消し、不穏な空気が広がっていく。

「そんなに裸のままでいたいんなら、今すぐそうしてやるよ。……おい」

近平が顎《あご》をしゃくると、男たちが一斉に立ち上がり、逃げようとする秀瑛の髪を引っ摑み、引き摺《ず》り倒す。

「離せ！」

「俺らに命令をするな。お前はここじゃあ王様でもなんでもない、ただの囚人なんだよ」

藻掻《もが》いて抵抗するが、数人の男たちに両腕、腰、肩と押さえつけられ、動きを封じられてしまった。

「立場を分からせてやるよ」

着物の袷《あわせ》を摑まれ、一気に開かれる。上半身が露わになり、男たちから歓声が上がった。

「埃《ほこり》で汚れちゃいるが、流石に白いな。高貴な壬様の身体に触れるなんざ、光栄だ」

男の一人が笑いながら言い、ゴッゴッとした掌《てのひら》で撫《な》でてくる。身体を捩《よじ》って逃げようとするが、強い力で押さえつけられ、別の手が裾を割って太腿《ふともも》の上を這ってきた。

「やめろっ！　離すのだ！」

足をバタつかせて抵抗する。男たちは秀瑛の慌てる様子にますます喜び、何本も伸びてきた手に身体中を撫で回された。

「ああ、好い触り心地だ。女みてえな柔肌だな」

「全部脱がしちまえ」

目をぎらつかせた男たちが、秀瑛の衣類を無理やり剝《は》ぎ取っていく。身体を押さえつけられ、大勢の男たちの前で、秀瑛は全裸にさせられた。

「こりゃあ……いい眺めだ」

肉の薄い身体つきに、スラリと伸びた脚と、細い腰。下生えは淡く、その下にある若茎も、細く白い。

秀瑛の身体を舐《な》めるように検分した男たちの喉が、ゴクリと上下する。

無骨な腕が伸びてきて、秀瑛の項垂《うなだ》れた茎を摑んだ。

「っ……！　やめろ！　手を離せっ、離せっ」

「暴れんなよ。今いいようにしてやるからよ」

ニヤついた顔で、秀瑛の雄芯を包んだ男が、その手を上下させ始めた。他にも腕が伸びてきて、肌の上を這い回っている。

腰を捻《ひね》り、首を振る。中心を摑んでいる無礼者を蹴《け》り倒そうと足を上げようとするが、膝を摑まれ、逆に大きく広げられてしまった。

「ああっ、何を……っ、やめろ！」

「王様のご開帳だ。みんな見てみろよ」

下卑た男たちの前で、身体を開かれてしまい、秀瑛は恐慌に陥った。叫び声を上げ、足をバタつかせるが、男たちの力は強く、どんな抵抗も利かない。慌てる秀瑛の様子に男たちの目の光が増し、ますます腕の数が増えていく。

「いい顔だ。ほら、泣いてみせろよ」

萎《な》えたままの中心を、どうにか奮い立たせようと、男の手が蠢《うごめ》く。唇を嚙《か》み、やり過ごそうする秀瑛の表情を眺めながら、指先を先端に当て、擦《こす》られた。

「……っ、ふ、ふっ……」

声を出すまいと唇を嚙みしめる。グリグリと先端を抉《えぐ》られ、ついには「……ああっ」と声が上がり、爆笑が起こった。

「感じてんじゃねえか？　なかなか色っぽい声を出すじゃないか」

腕を押さえている男が耳元で囁《ささや》き、ベロリと耳を舐めてくる。ゾワッとした感覚に眉を寄せて首を竦めると、また笑いが起こる。

こんな大勢の前で辱めを受け、感じるはずなどないのに、男たちは執拗《しつよう》に秀瑛の身体を弄《いじ》くり回す。痛みと屈辱で顔を歪めれば、ますます面白がり、いたぶりが増していった。

「強情張らずに気持ちよくなっちまえよ。ほら」

強い力で茎を擦られる。あまりの恥辱に舌を嚙み切ろうとしたら、すかさず髪を引っ張られ、上向かされた口にボロ布を突っ込まれた。

「うぅ、……っ、う、うっ」

息苦しさと痛みとおぞましさで、目に涙が滲《にじ》むが、こんなやつらの前で無様に泣き顔を晒すのが悔しく、秀瑛は目をカッと見開いたまま、恥辱に耐えた。

「なんだ。まだ意地を張るのか。流石に壬乃国の王様だな。さて、どうやっても泣かせてやるよ。女みてえに犯してやろうか？」

身体を持ち上げられたかと思うと、そのまま地面にうつ伏せに押し倒された。腰を高く持ち上げられ、秘部に指が這う。

「っ、ぐ、ぅ……」

信じられない場所を露わにされ、秀瑛は首を激しく振った。逃げようと身体を前にずらすが、再び髪を引っ張られ、引き留められる。

「おお、おお。怖がっている。こりゃあいいや」

男たちの笑い声が響き、怒りと恐怖で目の前が霞《かす》んできた。男のモノで、自分のここを犯そうというのか。

「暴れんなって」

渾身の力で身体を振り、闇雲に手足をバタつかせながら前にのめるようにして進む。首の後ろを押さえられ、腕を引かれた。

ゴギリ、と鈍い音がし、左肩に激痛が走る。

「グ、……ぁ」

口に布を押し込まれたまま、獣のような音が喉から発せられた。

力を失った秀瑛の身体を、尚《なお》も男たちが押さえつける。

「観念したか？　お前は今日から俺らの玩具《おもちゃ》として働いてもらう。いい娯楽ができた」

近平の声が後ろでし、「ちゃんと押さえてろ」と言いながら、ゴソゴソと着物を緩める音がする。

「一番乗りは俺だ。たっぷりと可愛がってやる」

興奮した声が聞こえ、秘部に硬いものが当たった。

「っ、んんんっ、……ギ、ァ……」

メリメリと硬いものが秀瑛の身体をこじ開けようとする。大きく目を見開き、逃げようと腰を引くが、のしかかる力に動きを封じられ、尻《しり》の両たぶを開かれた。

「流石に狭いな。なかなか入んねえ。暴れないほうがいいぞ？　おとなしくしていたら、いい目に遭わせてやるからよ」

生暖かい掌が触れ、秀瑛の尻を撫で回す。前が白み、目を開けているのに視界がぼやけてきた。

世継ぎとして生まれ、次の王になるべくして厳しい教育を受けてきた。叱《しか》りを受けたことはあっても、このような理不尽な目には遭ったことがない。身体を開かれ、秘部を犯される。大勢の前で泣き声を上げ、矜持《きょうじ》を奪われることになるのか。

「……ぅ、ぐ、っ、が、ぁぁぁあああ」

舌も嚙み切れず、このまま恥辱にまみれた姿を見物され、男たちに嬲《なぶ》り者にされる。今すぐ死んでしまいたいのに、それも許されない絶望に、秀瑛は喉から咆哮《ほうこう》を放った。

不意に腰に回っていた腕が緩み、押さえつけられていた重みがなくなる。後ろにあてられていたおぞましいモノの存在が消え、身体に自由が訪れた。

何が起こったのか分からず、それでも死に物狂いで秀瑛は前に逃げようとした。霞んだ目の前に、男たちの足が見える。ここからまずは抜け出さなければと、全裸のまま地面の上を這いずった。

「……お前たちはなんということをしているのだ」

頭上から声が聞こえる。男たちはシンとして、誰も答えない。

力の入らない足を踏ん張り、秀瑛はようやく立ち上がった。下世話な憂さ晴らしに興じていた男たちが、直立不動の体勢で並んでいた。

まだ状況が摑めないまま、棒立ちしている秀瑛の前に誰かが跪いた。大きな岩のような身体が項垂れている。

「我が部下たちが大変な無礼を働いた。申し訳ない」

秀瑛の前で深く頭を下げているのは、壬乃国の王の間で対面した瑞龍という男だった。

茫然《ぼうぜん》としている秀瑛の前で、瑞龍が「羽織るものを、何か」と、隣にいる兵士に命じている。それからまた秀瑛に視線を移し、痛ましげに顔を歪めた。

憐《あわ》れむような瑞龍の表情に、カッと頭が熱くなる。秀瑛を凌辱《りょうじょく》しようとした監視兵たちは、棒のように硬くなったままその場に立っていた。

「怪我《けが》は……？」

立ち上がった瑞龍が秀瑛に向かって腕を伸ばしてきた。それを強い力で払い、秀瑛は飛び退《すさ》った。

「今、着物を持ってこさせている。しばし待たれよ」

「いらぬ」

こんな野蛮人たちからの施しなど一切受けようとは思わなかった。

全裸のまま仁王立ちしている秀瑛を、瑞龍が見つめる。

「俺の監督が行き届かなかったのだ。申し訳ないことをした」

再び瑞龍が頭を下げるが、許すつもりは毛頭ない。大勢の前であのような恥辱を味わわされ、どう許せと言うのか。

怒りで身体が爆発しそうだ。

瑞龍に命じられた兵が着物を手に駆け寄ってくる。「これを……」と、差し出されたものには目もくれず、秀瑛は兵の腰に差してある剣を素早い動作で抜き去った。

誰が止める間もなく、自分の髪を摑み、切り落とそうと剣を振り上げる。左肩に激痛が走り、顔を歪めながらそれでも一気に剣を滑らせた。ブツリ、という音とともに黒髪の束が地面に落ちる。

自ら髪を切り落とし、全裸のまま剣を手にして立つ秀瑛の気迫に、誰も近づけない。瑞龍も目を見張ったまま、そんな秀瑛の姿を見つめるだけだ。

逃げようとするたびに、散々摑まれ引き摺られた自分のこの髪が疎ましかった。女のようだと言われた肌も、汚らしい手でまさぐられた身体も、自分の存在すべてが疎ましい。

過酷な労働にも、飢えにも寒さにも耐えられる。だが、侮辱されるのだけは我慢ができなかった。

天命は下らない。それならば自分の手で命を絶てばいい。

剣を逆手に持ち、動かない腕を無理やり上げ、秀瑛は自分の喉元に剣の切っ先を向けた。

兵士たちがあっと息を呑《の》む気配がし、かまわず突き立てようとする腕を、瑞龍の手に阻まれる。

「触るなっ！」

血を吐くような秀瑛の叫びに、瑞龍が瞠目《どうもく》する。しかし腕の力は緩まず、秀瑛に自害の機会を与えまいとする。

「手を離せ。離さずば、お前を切る」

摑まれた腕を強い力で押し返し、山のような大男を睨み上げる。

「腕に怪我を負っているようだ。そのような態《てい》では上手く喉に突き立てることもできないだろう」

「うるさい！　これしきの怪我など、どうともない」

手首が痺《しび》れ、左肩の痛みも増していた。だが、秀瑛は剣を持つ手を離さず、邪魔をする瑞龍に刃を向け、ジリジリと押していった。

「瑞龍様！」

剣の切っ先が瑞龍の頰《ほお》を掠《かす》め、スゥと血が一筋流れ落ちる。兵士たちが声を上げた。

「手を離せ。私よりも先にお前の首が飛ぶぞ」

渾身の力を持って剣を押し当てる秀瑛を、瑞龍は静かな眼差《まなざ》しで見つめていた。剣では敵《かな》わないかもしれないが、死を覚悟した秀瑛には恐れも躊躇《ちゅうちょ》もない。

加勢しようと兵たちが取り囲むのを、「かまうな」と、瑞龍が押し留《とど》めた。

「身代わりばかりの木偶《でく》ではないようだな」

「私は壬乃国の新王、秀瑛だ」

燃えるような目で相手を睨むと、瑞龍が口端を引き上げた。頬を流れ落ちる血に頓着《とんちゃく》もせず、なぜか楽しそうにも見える表情が腹立たしい。

その余裕の表情を凍らせてやろうと、腕に力を込め、瑞龍の首に剣を押し当てようとするが、瑞龍は秀瑛の腕を摑んだまま、微動だにしない。

「……くっ」

力比べは長く続き、やがて瑞龍が勝ち、二人の間に距離ができた。

「なかなかの気迫だ」

「うるさいっ！」

すかさず剣を構え、対峙する秀瑛に瑞龍が言った。馬鹿にされたようで怒りが増す。

「やめておけ。今のお前では剣を振ることもできまい」

瑞龍が言うとおり、秀瑛の腕はすでに限界で、力は残っていなかった。それでも秀瑛は両腕で柄を握り、瑞龍に臨む。自害が許されないのなら、いっそ殺してくれという思いだった。秀瑛が斬りかかれば、瑞龍もやむなく剣を抜くはずだ。

だが、そんな秀瑛の殺気にも、瑞龍は気圧されることなく、丸腰のままゆったりと立っていた。よほど腕に自信があるのか。立ち姿だけで強さが見て取れるが、そんなことはどうでもよかった。

ジリジリと間を詰め、斬りかかる隙を狙《ねら》う。こちらを見つめる瞳の色は深く、碧《あお》い。

ボタボタと汗が滴り落ちた。攻め込もうとしているのは自分のほうなのに、こちらが追い詰められていくようだ。

目が霞み、腕の力が抜けそうになるが、秀瑛は気力だけを頼りに一歩前へ出た。

苦しみは厭《いと》わない。死も恐怖しない。だが、侮辱されることだけは、どうしても許せなかった。自分は壬の末裔、壬乃国の王だ。辱めを受けたまま、おめおめと生き恥を晒すことだけはできないのだ。

「……はっ」

かけ声とともに瑞龍に斬りかかった。肩の痛みはもはや感じず、振り上げた腕がどこまで上がっているのかも分からなかった。

突進していく先に瑞龍の岩のような身体がある。そこを目指し、秀瑛は一気に駆け、剣を振り下ろした。

目の前の瑞龍は未《いま》だ動かず目の前にいる。差し違えたとしても、相応の痛手は負わせたはずだった。……だが、振り下ろした剣にはなんの手応《てごた》えもなく。

何が起こったのだろうと思う間もないまま、秀瑛の視界は突然暗闇に包まれた。

冷たい何かが額に当てられ、秀瑛は闇から引き上げられた。

目の前に現れたのは、薄墨色の瞳をした少年の顔だった。

「……あ、起こしてしまいましたか。申し訳ありません」

鈴の鳴るような声とともに、少年が秀瑛の額に当てた布から手を離した。

「まだ熱が下がらないのです。苦しいですか？」

少年の質問に、改めて今の自分の状態を確かめる。身体は確かに重く、熱を帯びていた。

自分は仰向けに寝ていて、手を動かそうとしたら、ビリ、と鋭い痛みが走った。

「ッ……、つ」

顔を顰《しか》め、痛みに耐えていると、少年が秀瑛の顔を覗いてきた。

「肩の筋を痛めているのだそうです。痛みがなくなるまで、しばらく動かさないようにと言われています」

「そうか。……して、お前は？　ここはなんだ？　私はどうしたのだろう」

矢継ぎ早の質問に、少年は薄墨色の瞳を瞬《しばたた》かせ、「ここは王城の離れになります」と言った。

「王城だと？」

視線を巡らせれば、確かに秀瑛がいた小屋とは様相が違っていた。石を積み上げただけの穴蔵ではなく、人の手で建てられた家だ。天井は白く、燭台《しょくだい》がある。

今横たわっている寝床も粗末な一枚板ではなく。綿の入った布が敷かれ、身体の上には絹の布がかけられていた。筋を違えていると言われた肩にも、丁寧に包帯が巻いてある。

「はい。秀瑛様は二日ほど目が覚めないままだったのですよ。怪我が治るまで、ここで養生するようにと。そのための世話役に、私が遣わされました。私の名はミトといいます」

よろしくお願いしますと頭を下げるミトの顔には、不本意であるという感情がありありと見て取れる。敵国の人質の世話などしたくないのだろう。それはこちらも同じだ。敵に情けをかけられ、手厚く看病されるなど、恥以外の何物でもない。

だいたいあの瑞龍という男は、壬乃国の王である秀瑛を憎んでいるはずだ。壬の血を根絶やしにしてやると言っていたではないか。

「どうして私が王城の離れになど……」

「瑞龍様の命です」

瑞龍に斬りかかった秀瑛はいとも簡単に躱《かわ》され、首に手刀を受け、そのまま倒れたのだという。そして二日間こんこんと眠り続けた。囚人として収監され、過酷な労働を強いられた身体は、自覚するよりもずっとひどい状態だったらしい。その上監視兵たちに襲われ負傷し、そんな状態のまま瑞龍に戦いを挑み、沈んだのだ。

「瑞龍という男は何者なのだ？」

「瑞龍様は、この兎乃国の現王であらせられます」

「え……」

「前王、守部清寿《もりべせいじゅ》様のお子、守部瑞龍様でございます」

一部隊の大将ぐらいかと思っていたが、そんなものではなかったらしく、秀瑛はミトの答えに度肝を抜かれた。

「しかしあの男は、戦に出ていたぞ」

瑞龍の腕が立つことは認めるが、それにしても一国の王が戦に先陣するものだろうか。

「瑞龍様はご自分で采配《さいはい》なさるのがお好きなのでございます。前王様も周りの官吏たちも、そろそろ落ち着いて城の政務に没頭してほしいとお思いなのですが、ご本人がそれを嫌がります」

どこにでも自分で出かけていき、自らが先頭だって動くのだという。今回秀瑛をここへ運ぶことになったのも、開拓の進み具合を自ら確認するために、作業場まで足を運び、秀瑛と監視兵との間で起こった騒ぎに出くわしたのがきっかけだ。

「瑞龍様は、とても心をお痛めになっておいでです」

監視兵たちの傍若無人な振る舞いに瑞龍は憤り、彼らを強く叱りつけ、そして負傷した秀瑛の養生のために、城の離れにあるこの部屋に運ばせたのだとミトが言った。

「ですからどうか、こちらで傷が治るまでゆっくりと身体を休めてくださいと、瑞龍様からのご伝言です」

薄墨色の瞳を持つ少年はそう言って、秀瑛の額に当てた布を手に取り、冷たい水の入った盆に浸した。


夜、暑苦しさに秀瑛は目を覚ました。肩の痛みは未だ去らず、身体も熱い。

部屋はシンとしており、なんの音も聞こえない。外とは完全に遮断されているようだ。寝台の褥《しとね》も柔らかく、身体にかかっている絹の布が温かい。

初めに入れられていた石の小屋では風が容赦なく吹きこんでいた。この熱を持ったままあそこで寝ていたら、今頃死んでいたかもしれない。

「傷が治るまでと言っていたな……」

あの場所と比べれば天国のような快適さだが、いずれまたあそこへ戻るのかと思えば、気持ちが萎えた。

死ぬよりはましだとは、未だに思えない。

壬乃国の王の間で、あのまま処刑されていたほうがよかった。そうすれば、作業場であんな目に遭わずに済み、今も敵の温情を受けるという惨めな境遇に陥ることもなかった。

父たちはどうしているだろうか。頼りになってくれる国へと逃げおおせ、今頃壬乃国の奪還を図っているのか。秀瑛は今も生きながらえていることを知ったらなんと思うだろう。壬乃国が力を取り戻し、再び戦が始まるようなことになったとき、秀瑛は人質として交渉の材料になってしまうだろう。枷《かせ》にはなりたくない。

暗闇の中で故郷のことを考えていると、部屋の扉が静かに開き、人が入ってきた。音を立てないように静々と足を運び、秀瑛の寝台の前でピタリと止まる。顔を覗き込んでいる気配がした。

「こんな夜中になんの用だ。私が苦しんでいる様子でも見に来たのか？」

秀瑛の声に、上にある気配がフッと笑い、灯《あか》りが点《とも》った。碧色の瞳が灯火《ともしび》の中に現れる。

「目を覚ましたと聞いたのでな」

寝台の脇《わき》にある椅子《いす》に座りながら、瑞龍が言った。

「肩の痛みはしばらく続くだろう。熱はまだ引かないか？」

「……礼は言わぬ」

監視兵たちの暴力を止め、隔離されたことはありがたいとは思うが、自分が望んだわけではない。施しも同情もいらなかった。

秀瑛の頑《かたく》なな言葉に、瑞龍は表情を変えずに「どうでもよい」と穏やかな声で言う。

「お前が兎乃国の王だったとはな。驚いた」

「ああ、形だけだ。国政は未だ父が動かしている」

瑞龍はそう言うが、それは真実ではないのだろう。父の力が強いというのなら、瑞龍一人の一存で、秀瑛をこのような処遇に置けるはずもない。

「俺の従臣たちが無礼を働いた。その詫《わ》びの気持ちだ」

切れ長の目が細まり、「ひどい仕打ちをしてしまった。どうか許してほしい」と、瑞龍が再び頭を下げた。

「野蛮な民族だからな。やることも考えも低俗で反吐《へど》が出る」

所詮《しょせん》兎人が集まった末の国だ。礼節など期待もしていないし、詫びもいらなかった。押さえつけられ、衣服を剝《む》かれた屈辱は、到底許すことなどできない。

「一国の王が軽々しく頭を下げるなど、見たことも聞いたこともないわ。見識も品位もない兎人らしいな」

秀瑛の皮肉に、瑞龍の肩がピクリと動いた。こちらに向けた碧色の瞳に燭台の炎が映り、瑞龍自身が燃えているようだ。

「部下の失態はすべて上にいる俺の責任だ」

「たいそうな度量だな」

「兎人は壬に恨みを持っている。そのはけ口にお前はされたのだよ。お前たち壬には、お前がされたことよりももっとひどい仕打ちを受けた」

「そんなことはない。あれほど我らが庇護《ひご》してやったのに、裏切ったのだ」

「庇護……？」

瑞龍が目を見開き、ハッと息を吐く。

「我らの土地を略奪した上、元々住んでいた民からもすべてを搾取し、傍若無人に振る舞った壬が、兎人を庇護しただと？」

「何を言っているのだ。以前もそのような戯れ言を言っていたな。歴史をねつ造するなど、許されることではないぞ」

壬は千年も前に壬乃国を建国し、民を護《まも》り、ずっと平穏に暮らしてきた。我々壬の知恵と力がなければ、今のような生活を得られるはずもないのに、その恩を忘れ、逆恨みで反乱を起こしたのだ。

「周りの国々にもそのような嘘八百を吹聴し、我が国の民をもたぶらかしたのか。卑劣なことをする」

「調略と歪曲《わいきょく》を繰り返したのは、お前たち壬だ」

「嘘を言うな」

「本当のことだ。事実に目を瞑《つむ》り、虚偽の歴史を積み重ねても、いずれ綻《ほころ》びが出るぞ」

瑞龍の言っていることがまったく分からない。我々の国を襲い、領地を奪っておいて、先にやったのはお前たちのほうだという。壬乃国にそんな歴史はなく、兎乃国こそが略奪者なのに。

「お前こそいい加減なことを言うな。碌《ろく》な教養もなく、最底辺な生活をする兎人に仕事を与え、潤わせてやったのは我々壬だぞ」

「それは違う」

「我々の助力なくして豊かな生活ができるはずがないだろう。私を襲った監視兵たちの行いが、お前たちの本性だ。お前たちは愚鈍で怠け者の、最悪の民族だ。兎人こそが滅んでしまえばいいのだ！」

秀瑛の叫びに、瑞龍の瞳がギラリと光った。自分の持つ血を貶《けな》され、気分を害したのだろう。だが、秀瑛の言ったことは、揺るぎない真実だ。

「図星を指されて憤ったか」

「……随分な口の利きようだな。秀瑛よ。自分が囚《とら》われの身という立場を忘れているようだ」

低く、重々しい声を聞き、秀瑛の身体に戦慄《せんりつ》が走る。瑞龍の言葉は、あの作業場で自分を貫こうとした近平の放った言葉と同じ意味を示していた。監視兵に刃向かう秀瑛に、自分の立場を教えてやると言い、彼らは秀瑛を組み敷いた。

「……ならば殺せ」

両膝を摑まれ、無理やり広げられた。身体中を這い回る男たちの手。泣かせてやると、下卑た笑いを浮かべ、秀瑛の身体を弄《もてあそ》んだ。

「詫びも温情もいらぬ。私を今すぐ殺せ」

この男もあの近平と同じ手段で、秀瑛を貶めようとするのだろうか。

剣はない。たとえ今手にしていたとしても、瑞龍相手ではすぐに奪われ、簡単に組み敷かれてしまうだろう。

身体が重く、熱が上がった。火に炙《あぶ》られたように熱く、それなのに震えがくる。

怯《おび》えなど持ちたくなかった。秀瑛のそんな姿を見れば、きっと瑞龍はいい気味だと胸がすく思いをするだろう。悔しくて仕方がないが、気持ちと裏腹に、歯の根がガチガチと音を鳴らし、指先が震えた。

「私を殺せ……」

生き延びることに喜びも安堵《あんど》も持たない。温情を持つと言うのなら、せめて壬乃国の王として、尊厳を持ったまま逝かせてほしい。

長く重い沈黙が続き、やがて瑞龍が立ち上がった。

「もう夜も遅い。何も心配をせずに、ゆっくりと休むがいい」

瑞龍の身体からは、立ち上るような怒りの気配が消えていた。秀瑛の怯えを見て取ったのか、ことさら穏やかな声を出され、それも屈辱だった。

「今夜は冷える。寒くはないか？　ミトに命じて温かい飲み物を持ってこさせよう」

「何もいらぬ」

瑞龍の労《いたわ》りを撥《は》ねつける秀瑛に、瑞龍は短い溜息《ためいき》をつき、静かに部屋を出ていった。

静寂が訪れる。

瑞龍の怒りに触れ、それでも何も起こらなかったことに安堵した。同時に言い知れぬ虚脱感に襲われる。

生きている間じゅう、こんな日々がずっと続くのか。

国を失い、家族と離れ、敵国に一人囚われている。

天命はまだ下りない。それはいつ訪れるのか。

絶望が秀瑛を包んでいく。

早くそのときが訪れてくれと、火の消えた部屋の中で、秀瑛は闇に祈った。


囚人小屋から王城の離れに移り、秀瑛が目覚めてから四日が経った。

熱は引き、左肩の痛みもだいぶなくなり、固定していた包帯も取れた。激しく動かすとまだ痛みは起きるが、日々の生活にはなんら支障のないほどには回復している。

意識を取り戻してから改めて部屋を見渡してみると、ここはかなり豪奢《ごうしゃ》な造りをしていた。今寝ている寝台も、部屋の隅に置かれた卓子などの調度品も彫刻が施された重厚なものだ。部屋の扉のすぐ前には帳《とばり》が下りており、これも刺繍が施された上等品だ。秀瑛が壬乃国で住まっていた部屋よりも広かった。

「兎人でもこのような暮らしぶりをしている輩がいるのだな」

王城の領地の一部なのだからそうなのかとも思うが、それにしても知識の浅い兎人が作った国だというのに、なかなかの造りをしているのが驚きだった。

王城の離れと聞いているが、中央からはかなり距離があるらしく、こちらまでは城に住む人の気配が伝わってこない。

そんな部屋に運ばれ、秀瑛は囚人たちの住む小屋に戻ることなく、未だ療養生活を続けている。

今日こそは連れていかれるか、明日なのかと待ち構えながら、五日目の朝になっても、また達しが来ない。

離れの部屋には窓があり、外の景色が眺められた。今日は晴れており、柔らかい日の光が部屋の中にまで届いてくる。木々の緑が風に葉を揺らす。この辺りには植物が生えているらしい。

寝台の上で身体を起こし、何をするでもなく窓の外を眺めていると、ミトが食事を運んできた。

「お加減はいかがですか？」

寝台にいる秀瑛に座食の用意をしてくれながら、ミトが聞いた。粥《かゆ》に木の実、干し肉まであり、滋養によさそうな食事が並んでいた。

「ああ、すっかりよくなった」

粥の入った椀をとり、静かに口に運ぶ。塩と、わずかに生姜《しょうが》の香りがした。柔らかい味に身体が緩む感覚がする。

「……今日もあまり召し上がれませんか？」

半分ほどで椀を置き、他にも一切手をつけない秀瑛を見て、ミトが顔を曇らせる。

目を覚ました当初から、ミトは甲斐甲斐《かいがい》しく秀瑛の世話をしてくれた。壬乃国の王に対する嫌悪の感情とは切り離して、朝夕とこうして秀瑛に食事を運び、その他にも怪我の手当や清拭《せいしき》など、何くれとなく面倒を見てくれるのだ。

そして食事を残す秀瑛を、今は心配までする。

「いいのだ。動かないのでな、腹も減らぬ」

「口になさりたいものがあれば、お申しつけください。他にも入り用なものがあれば」

「何も。これで十分だ」

囚われの身で、望むものなど何もない。用意された食事すら、身に余るような豪勢なものだ。

それに、身体は回復していても、精神のほうが、未だ不安定なままだった。夜な夜な悪夢にうなされ、起きていても何もする気が起きず、食欲も湧《わ》かなかった。

「それよりもミト、お前の話を聞きたい」

労働は免れていても、秀瑛は囚人だ。部屋の扉にはきっちりと鍵《かぎ》がかかっていて、外に出ることは叶《かな》わない。何もすることのない日々の中、ミトから聞かされる話だけが、秀瑛にとっての慰めだった。

「お前は学問所に行っているのだろう。何を学んだのか、私に聞かせてくれ」

ミトは今年で十二歳を迎え、七つの頃から城下の学問所へ通っているのだという。通いは十五まで続き、そこから先はそれぞれの進路により分かれていく。

官吏を目指し、さらに上の学問所へ進学する者もいれば、兵に志願する者、職を得る者と、様々だ。ミトはできれば進学し、官吏になりたいのだと目を輝かせて語った。

秀瑛の国では、学問所に通うのは壬にしか許されていない特権だ。この国ではそういった区別はなく、誰でも学問所へ通うのだという。ミトの父は城下で商売をしており、城で働く母の手伝いをしているうちに、秀瑛の世話役を仰《おお》せつかったのだと言った。

官職の出ではない家に生まれながら、ミトは官吏を望み、努力でそれが叶うのだということが、秀瑛には考えられないことだった。

「教科は楽しいです。もっとたくさんのことを学び、そしてお国の役に立ちたいのです」

瑞龍は父である前王の跡を継ぎ、齢《よわい》二十八だという。若き新王は皇太子の頃から人望が

厚く、彼に登用されようと兵や官吏を目指す若者が増えているのだそうだ。ミトも将来は瑞龍のもとで働きたいのだと夢を語った。

「瑞龍様は誰にでも分け隔てなく、私のような者にも親しく話しかけてくださいます。将来瑞龍様のお側で働きたいと申しましたら、期待しているとおっしゃってくださいました」

頬を紅潮させ、ミトが瑞龍のことを話す。彼の役に立つために、これからも勉学に励み、優秀な成績を残したいと言った。

「学ぶのが楽しいのはよいことだな。今はどのようなことを習っているのだ?」

ミトの話に出る学問所の様子は、秀瑛の知るものとはまるで違っていた。

史学や兵法は知っていても、ミトの口から出る音楽や文学という学問を、秀瑛は知らなかった。

「そのような教科があるのか。それはどんなものだ?」

「文学は、……いろいろとありますけど、要は物語ですね。音楽は、唄《うた》を詠んだり、楽器を鳴らしたりします。合奏の教科では、私は今、笛を担当しています」

「ほう」

合奏は特殊な部隊が奏でるもので、それを皆が習うということも驚きだった。国が違えば学びの形態も違うものなのだと感心する。

秀瑛は学問所へ通ったことがない。教師が自分のもとへやってきて、壬乃国と大陸の歴史、情勢、あとは王としての心得などを徹底的に叩き込まれた。

学問所どころか、生まれてから一度も城下へ赴いたこともなく、城の領地内でも秀瑛の行動範囲は限られていた。それは秀瑛の身の安全のためであり、二人の皇子を失った王の過保護のためでもある。

身分を隠して兵の訓練に出ていたときも、黙々と身体を鍛え、技を磨くというもので、訓練は厳しく、疲弊して寝るだけの毎日だった。友などというものも持ったことはなく、いつも一人で過ごしていた。自分は他の者と違うのだからと常日頃教えられ、そういうものなのだと疑問に思ったこともない。

国のために生まれた秀瑛は、壬乃国の王の第一継承者として、それ以外の生きる道はなく、自由も許されなかった。ただひたすら次期王としての心得を学ぶ生活は、真っ直《す》ぐではあるが、狭く儚《はかな》い道のりだったと、ミトの話を聞いていて思う。

誰にでも分け隔てなく接するというこの国の王は、民に平等に学ぶ機会を与えている。

そのような国があるなどとは教えられておらず、秀瑛はただ驚くばかりで、それが国にどんな影響をもたらすのかまでは、考えられなかった。

ただ、嬉々《きき》として学びの楽しさを語るミトの顔を見ていると、それは悪いことではないような思いになる。

学びに楽しさを見いだしたこともない。得るべき知識と思い、黙々と師の話を聞き、思うのは未来に自分が担う責務のことだけだった。

それが今は、国を奪われ、王とは名ばかりの人質だ。

国での暮らしを不自由と感じたこともない。それが自分の定めだと思っていた。だがミトを見ていると、自分よりもずっと自由で豊かな暮らしをしているように思える。

しかしそれは、生まれてきた境遇も、背負う荷物も違うのだから、比べても仕方のないことだ。

自分にはもう、夢を描ける未来はない。

「秀瑛様……？」

考え事をしている秀瑛の顔を、ミトが覗き込んできた。

「お具合がすぐれませんか？」

「いいや。お前の話が楽しくて、しばし遠くへ思考を飛ばしてしまった」

秀瑛を気遣うミトに笑顔を向ける。

「私の国では、文学という学問を学ぶ機会がなかった。よかったらお前の持つ教本をいつか見せてくれないか？」

秀瑛の申し出に、ミトは顔を輝かせ、「はい、すぐにでも」と、元気よく答えた。何も望まない秀瑛が初めて要求を口にしたことが嬉しかったらしい。

「急がずともよい。明日、またここへ訪れたときにでも持ってきてくれればよいのだ」

もっとも、明日になれば自分はこの部屋を出され、囚人小屋に戻っているかもしれないとも思ったが、喜んでいるミトにそれは告げず、秀瑛は「頼むぞ」と、笑顔で念を押した。

そしてミトは、明日を待たず、その日の夕方には秀瑛の望んだ教本を、家から持ってきてくれたのだった。


夜、燭台の下で秀瑛はミトに借りた教本を広げていた。

兎乃国の文字は、壬乃国のものとは微妙に違っていて、意味の分かる文字も少しはあるが、ほとんどが見たこともない形状の文字だった。

「大まかな筋は見当がつくが、果たして正解なのか……」

秀瑛は物語というものを読んだことがないので、並べられた文字をどう捉《とら》えていいのかが分からなかった。

「だけど綺麗だ」

ミトに渡された教本には絵が描かれていて、その美しさに心が和んだ。この絵のお蔭《かげ》で、教本に載っている文章の意味が摑めているともいえる。

教本にあるのは、男女の子どもが手を繋《つな》いで道を歩いている絵だった。畑があり、遠くで大人の女性が手を振っている。どちらかの母親なのか、それとも二人は兄妹なのか、どちらにしろ二人で帰宅している場面らしい。

頁《ページ》を捲ると、次には家の中の情景になっており、二人の子どもが長卓に着き、先ほどの女性が皿を持っていた。やはりこの三人は家族で、これから夕餉を迎えるところなのだ。

教本にはいろいろな絵が描いてあり、狼《おおかみ》に見える動物が二人の子どもと会話を交わしているような場面もあった。動物は言葉を話さない。この絵は何を意味しているのだろうと首を傾《かし》げ、秀瑛はどんどん教本を捲っていった。

「内容が知りたいな。これはどういうものなのだろう」

秀瑛が師に習った教科に文学という学問はなかった。ミトは物語だと言っていた。だからこの教本には、物語というものが綴《つづ》られているのだ。

物語とはいったい、どんなものなのだろう……？

熱心に教本の絵を眺めていてふと、窓の外に気配を感じ、秀瑛は顔を上げた。

立ち上がり、そっと窓の側に近づく。空には月が出ていて、仄《ほの》かに外の様子が見える。

薄闇の中、確かに何かが蠢いている。見回りの護衛にしては背が低く、地面を這いずっているようだ。動物か、あるいは忍んでやってきた味方か、……自分を狙う刺客か。

息を潜めて外を見守っていると、突然月明かりに何か丸っこいものが照らされた。

「人ではないな……」

すぐに光の届かない暗がりに逃げ込んでしまったが、犬くらいの大きさの動物だった。

ホッと息を吐き、もう一度姿を現さないかと、窓の外に目を凝らす。木々が風に揺れ、月明かりの位置が変わると、再びあの動物の姿が現れた。

全身を毛に覆われ、コロコロとした形状をしている。月の光を反射した目がランランと光っていて、なかなか精悍《せいかん》な顔つきをしていた。壬乃国では見たことのない動物だ。

「猫……？　いや、違うな。犬でもないし、なんだろう？」

窓の外を見つめながら首を傾げていると、今度は背後から物音がした。ハッとして振り返ると、帳の前に、瑞龍が立っていた。

「どうしたのだ。まさか逃亡の計画を立てているのではあるまいな」

片方の口端をつり上げた相変わらずの不遜《ふそん》な表情をして、瑞龍がそんなことを言う。

「何か用か」

秀瑛の無愛想な声にも瑞龍は平気な顔で、ズカズカと部屋の中に入ってきた。

「傷はよくなったようだな」

「ああ。明日には囚人小屋に戻るのか？」

「食欲がないようだと聞いたが。ここのものは口に合わないか？」

秀瑛の質問には答えず、瑞龍がそう聞いてきた。

「いや、そんなことはない」

「ではなぜ食事をしない。ミトが心配をしている」

「部屋に閉じ込められたままだからな。空腹にもならない」

「粥以外を口にしないと言っていたぞ。しかもそれも半分ほどだと」

「それで十分だからだ」

顔を覗くようにされ、背けながら素っ気なく答える。餓死を目論んでいるわけではなく、本当に食べる気力がないのだ。

「私は元々小食なのだ。壬乃国にいた頃から、日に二度も食事をとるような生活はしていない」

「そんなはずはないだろう」

秀瑛の言葉を、瑞龍は信じる様子もない。

「別に信じずともよいがな。とにかく身体は動く。明日にでも追い出せばいい」

いつまでも温情をもらうつもりはなかった。秀瑛が痩《や》せ細ろうが、過酷な労働で倒れようが、瑞龍には関係のないことだ。弱った秀瑛を見たら、近平たちは喜んで、またいたぶることだろう。

そうなれば、次には口に布を突っ込まれる前に、舌を噛み切るだけだ。

頑なな秀瑛の態度に、瑞龍は軽く溜息をつき、それから卓子に広げられた教本に目をやった。手に取ってパラパラと捲りながら「懐かしい」と、笑顔になる。

「俺も昔これで文字を習った。狼親子の恩返しの話だな」

「狼が恩返しをする……だと？」

「ああ、薪《まき》拾いに森へ出かけた兄妹が、怪我をした狼の子どもの手当をしてやり、母狼が礼に貴重な薬草の生える場所を教えてくれるという話だ」

「狼の親が？　この絵の子どもに教えるのか？　どうやって？」

「それは、ありがとう、ついてきてくださいと言うんだな」

「言葉を話すのか？　狼が？」

「ああ、そうだ」

「えっ？」

素《す》っ頓狂《とんきょう》な声を出す秀瑛の顔を、瑞龍が訝《いぶか》しげに見つめた。

「狼がしゃべるわけがないだろう。嘘をつくな」

「いや、だからこの教本では狼がしゃべるんだよ。そういう話だから」

「お前の国の学問所では嘘を教えるのか」

「これはそういう物語なのだ」

「物語とは、嘘なのか？　虚偽を教える学問などしてどうするのだ」

瑞龍が秀瑛の顔をまじまじと眺め、「お前……」と言ったまま絶句する。

「私の国では、そのような嘘を教える学問はないぞ。そんなものを学んで、何が習得できるというのだ」

「それは、架空の世界を楽しみ、想像力を働かせ、頭を柔軟にするためだろう。だいたい文学の教科のない学問所など、聞いたことがないぞ」

「知らぬ。とにかくそんなものは必要ない」

「いや、必要だ。お前だって今、この教本を見て、いろいろと想像を働かせたのだろう」

「それは……、この国の文字は私には解せぬからな。なんとなく眺めていただけだ」

「では聞くが、お前は壬乃国で何を学んだのだ？」

「史実や兵法、それから王としての心得などだ」

長い歴史を持つ壬乃国の史実を学び、国を護り、発展させる手立てを教え込まれた。それだけでも膨大な時間を費やし、虚空の話など学ぶ隙もなく、必要もない。

「ではお前の言う王の心得とはなんだ？」

切れ長の碧い目を真っ直ぐに秀瑛に向け、瑞龍が問うてくる。

「国のために己の身を犠牲にすることだ」

民のため、家臣のため、壬の血を存続させるために、王は自らの身を投じ、己も持たず、すべてを明け渡すことだと教えられた。

「この教えにより、壬乃国は長く平穏な暮らしを続けてこられたのだ。間違いはあるまい」

胸を張って答える秀瑛に、瑞龍は考え込む。

「間違ってはいないが、偏っているな」

「何を……っ」

勢い込んで反論しようとする秀瑛を制し、瑞龍が「なあ、秀瑛よ」と、再び語りかけてくる。

「お前は本当に新條王の子なのか？」

「っ、な……」

秀瑛は言葉を失った。瑞龍はからかっている様子もなく、相変わらず真っ直ぐに秀瑛を見つめている。

「なんという……。私を疑うのか」

かろうじて出した声が掠れた。これほど無礼な言葉を投げかけられたことはない。

「私が……王の子ではないと……、よくもそんな……」

握りしめた拳がブルブルと震える。

「お前の話を聞いていると、どうもそのように思えぬのだ」

怒りに震える秀瑛に頓着せずに、瑞龍がまだそんなことを言う。

「私は……っ、壬乃国の王、新條王のまごうことなき第一皇子だ。以前から虚妄ばかりを言い募り、さらにはそんな馬鹿げた妄言を吐く。お前の治めるこの国は最低だな。文学などというくだらない虚空の世界を習うなど、そんなことばかりをしているから、そのような低俗な言葉を吐くのだ」

「文学はどこの国でも大切な文化だ。お前の国にはそれがないなど、そんなはずはないだろう」

「うるさいっ！　文化など必要のないものだ」

「それは違う。文化こそ、国の豊かさの象徴だ」

「違うっ！　隷属の分際で、知ったような口を利くな！」

「俺たちは隷属ではない。お前たち壬が勝手に兎人を貶め、自分たちを優位に置いているだけだ。お前たちのやり方は間違っている。だから反乱を起こされ、国を滅ぼされた。この現状が、お前たちが間違っていたという揺るぎない証拠だ」

「千年も続いた我が国だぞ」

「それも間違っている。お前たちの国の歴史など、二百年もないではないか」

「なんだと！　まだ嘘をでっち上げるのか」

「事実だ。秀瑛、お前が信じ、お前が語ることはすべて出鱈目だ」

秀瑛の言葉を悉《ことごと》く否定し、何もかも間違っているという。

そんなはずはない。自分はれっきとした壬乃国の王で、父、新條王により戴冠を賜ったのだ。涙を流し、息子の手を握り、父は別れを惜しんでくれた。それが、……嘘だとこの男は言うのだ。

「……私は間違っていない。私は父、新條王の息子だ。お前の語る妄言にはうんざりだ。去れ」

「秀瑛、冷静に考えろ。お前が壬乃国の真の王ならば、なぜ前王はお前を一人城に残したのだ」

「それは、反乱を治め、戦を終わらせるためだ」

次への存続のために自分はこの身を差し出した。秀瑛の命が尽きても、壬の血は受け継がれる。

「ならばなぜその役目を新條王が負わない」

「それは……」

瑞龍の問いに言葉が詰まる。そんなことは考えもしなかった。頼むと、壬のために犠牲になってくれと、父は涙を流した。それだけで十分だった。王の教えに則《のっと》り、秀瑛は喜んで身を捧げたのだ。

「たった一人という継承者を敵国に差し出す真意とは」

「黙れ」

「秀瑛……お前は生《い》け贄《にえ》にされたのだよ」

「黙れっ！」

これ以上この男の戯れ言は聞きたくない。相手の身体ではなく、精神に鞭打《むちう》つのが瑞龍のやり方なのかと、その卑劣な仕打ちに秀瑛は声を荒らげて抵抗した。

「このような離れに閉じ込め、温情をかけると見せかけ、いたぶるのがこの国の王の趣味か。文化が大切などと口では言っておきながら、することはやはり愚劣なのだな」

秀瑛の皮肉にも、瑞龍は眉一つ動かさずに見下ろしてくる。涼しげなこの顔を醜く歪めてやりたいが、術《すべ》が見つからず、自分のほうが屈辱に顔を歪め、拳を震わせる。

「去れ。お前の顔を二度と見たくない。今すぐ囚人たちの地域へ私を連れていけ」

ここにいるよりもよほどましだと、ここから出せと命じるが、瑞龍はやはり何も言わず、秀瑛を見つめるだけだ。人質の命令など聞くはずもないと、冷たく碧い目が秀瑛を射貫く。

やがて、瑞龍が一つ溜息をつき、手にした教本を卓子に置いた。

「明日もまた来る」

「来るな！　私を囚人小屋に連れていけ」

この男といると、精神が疲弊する。近平たちにいたぶられたときには、火のような怒りが湧いたが、この男からの攻撃は、身体の内側を破壊されるようで心が乱れる。

どうしてここまで動揺するのか、自分でも分からない。だが、瑞龍の言葉は秀瑛に重く深く、突き刺さるのだ。

瑞龍が部屋を去っていく。シンと静まった部屋の中、追い出したのは自分なのに、なぜか取り残されたような心細さに襲われ、秀瑛は自分を抱きしめるように両腕を交差させた。

「よくもあのような……」

瑞龍の残していった言葉の残滓《ざんし》が頭を駆け巡る。振り払おうと首を振るが、こびりついたようにして出ていかない。

「生け贄だなどと……」

そんなはずはない。秀瑛は自ら喜んで壬乃国のために我が身を捧げたのだ。父の涙、手の温もりは忘れていない。

あれは瑞龍の攻略だ。術中にはまってなるものかと、秀瑛は歯を食いしばり、自らを抱く腕に力を込めた。


翌朝、秀瑛は寝台に横たわったままぼんやりとしていた。今日も秀瑛を囚人の地域へ戻すという沙汰《さた》はない。

「秀瑛様、朝餉《あさげ》をお持ちしました。今朝《けさ》のお加減はどうでしょうか」

ミトがいつものように秀瑛の世話を焼きにやってくる。食座に並べられたのは、菜の入った粥に卵と野菜、それからなにやら見かけない赤い果実が載っていた。

「この赤い実はなんだ？」

「茘枝《れいし》でございます。とても甘いのですよ」

手に取ると、皮が厚く、少しぶよぶよしている。細かい突起があり、赤黒い色が奇怪だ。指で押してみたり、手の上で転がしてみたりと、興味深げに茘枝という実を観察している秀瑛に、ミトが「剝きましょうか」と手を差し出してきた。

小さな指で爪《つめ》を立てると、赤い皮がツルリと外れ、中から水晶のような玉が現れる。外側の不気味さと違い、瑞々《みずみず》しい果実の色に、秀瑛は「ほう」と目を見張る。小刀をくるりと一周させ、大きな種を取り出し、二つに割る。

果実を皿に置き、「どうぞ」と差し出され、秀瑛は恐る恐る口に入れた。

「甘い……」

芳醇《ほうじゅん》な香りとたっぷりの汁気が口の中いっぱいに広がる。濃厚な甘さだが、不思議にさっぱりとした味で、とても美味《おい》しい。

ゆっくりと茘枝の甘さを楽しんでいる秀瑛を、ミトが嬉しそうに覗いている。

「美味しいですか？」

「ああ、とても甘い。食べたことのない味だ。美味しいよ」

秀瑛が答えると、ミトが「よかった」と頰を綻ばせる。

「初めて喜んでいただけました」

食の進まない秀瑛を心配していたミトは、秀瑛が自ら興味を示し、口に運んでくれたことがよほど嬉しかったらしい。

果実で口内が潤ったお蔭なのか、今朝は粥も残さずに食べられた。空になった椀を覗き、ミトが笑顔になる。

ミトの嬉しそうな様子に、秀瑛の心も和んだ。食欲が出れば体力の回復も早いだろう。

そういえば、昨夜《ゆうべ》のあの男も秀瑛の食が細いことを言っていたなと思い出す。

「向こうに行ってまた倒れられては厄介だとでも思ったのか……」

そんなことを斟酌《しんしゃく》することもないだろうにと思う。身体がきつかろうが、怪我をしていようが、あの男には関係がない。……自分とて、身体を労ろうなどという気持ちもないのだ。

食膳《しょくぜん》を下げに出ていったミトが、ほどなくして再び離れにやってきた。手にはたくさんの書物を抱えている。

「瑞龍様からあなた様へと」

卓子に置かれた書物の中には字引もあった。これで兎乃国の文字を引けば、内容が分かる。中を開くとミトが昨日持ってきてくれた教本と同じように、絵が描かれていた。

字引を片手に、秀瑛は『狼の恩返し』の教本を取り出し、最初から読んでいった。

教本を読んでいると、ミトがお茶を持ってきた。邪魔にならないようにと卓子の隅に茶を置かれ、秀瑛は礼を言ったあと、すぐにまた教本に没頭した。

瑞龍が言っていたように、この書物は、狼の子を助けた兄妹が、母狼に礼をされ、薬草のある秘密の場所まで案内されるという話だった。

兄妹の家は貧しく、父親は病気を押して働いていて、そんな父のために二人は狼のあとをついていくのだ。山の奥には危険な場所がたくさんあり、危ない目に遭ったり、他の動物の協力を得たりしながら、幼い兄妹が苦労して薬草のある場所まで辿《たど》り着く。

狼は人間の言葉など話さないし、他の動物に親切にされるということも、秀瑛には信じがたいが、語られる文章と添えられている絵に引きつけられ、秀瑛は字引を忙《せわ》しく捲りながら、物語を読んでいった。

時間も忘れ、教本に没頭していてふと顔を上げると、ミトの姿はなく、用意されたお茶も冷めていた。喉の渇きを覚え、冷たくなったお茶を一口含み、溜息をつく。

壬乃国にいた頃、こんなふうに夢中になって書物を読んだことはなかった。学問とは覚えることのみで、架空の世界に思いを馳《は》せるなどという課業を習ったこともない。

だが、物語というものに初めて触れ、子ども向けの書物なのにもかかわらず、秀瑛は兄妹の冒険に胸を躍らせ、困難に立ち向かう姿にハラハラした。読み終わったときには不思議な高揚感と達成感さえ感じられる。今まで習ったことでは味わえなかった感覚だ。

「これが文学……」

ミトの運んできた書物の中には、音楽のための教本も混じっていた。文字とは違う記号は、字引書にもなく、秀瑛にはまったく読めない。

この国の者たちは、これらの教本を子どもから大人まで読むことができるのだ。自分が今まで学んできたことはなんだったのかと思うと同時に、昨夜の瑞龍の言葉を思い出す。得体の知れない不安が胸に広がる。すべてが間違っていると瑞龍は言った。だが、すべてとは何か、どこまでの何が間違いなのかも分からず、不安は広がるばかりだ。

秀瑛は昨夜と同じように、自分の身体を腕で抱いた。

「そんなはずはない」

秀瑛は確かに壬乃国の王で、父は前王、新條王だ。何も間違ってはいない。学んだことも、自分の信念も。

間違っているのは向こうのほうなのだ。

あの瑞龍という男は、味方のいない秀瑛の不安につけ込み、出鱈目を並べ、惑わしているのだと言い聞かせる。

教本を膝に置いたままぼんやりとしていると、窓の外に昨夜と同じ気配が過《よ》ぎった。

音を立てないように立ち上がり、そっと窓の側へ近寄る。

昨夜月明かりの下でほんの一瞬垣間見《かいまみ》たあの動物が、近くの木の下を　横切っていく姿を発見した。

昨夜よりもはっきりと見えるそれは、茶色の混じった灰色の毛色をしていて、顔には斑《はん》点《てん》模様が乗っていた。耳も輪郭も丸く、尻尾《しっぽ》が長い。辺りを警戒するように姿勢を低く保ちながら、草の上を歩いている。

秀瑛の視線に気づいたのか、首を伸ばしこちらに顔を向けた。昨夜は暗くてよく分からなかったが、黒々としたまん丸の目をしていて、顔つきは凶悪だが、どことなく愛嬌《あいきょう》がある。

「餌《えさ》を探しにきているのだろうか」

近づいてよく見てみたいが、外へ出る術はなく、窓を開けることさえ叶わない。

「……囚われの身だからな。あの動物のほうがよほど自由だ」

こちらをじっと見つめている動物は、匂《にお》いを嗅《か》ぐように鼻をヒクヒクとさせ、しばらく様子を窺《うかが》うような素振りを見せたあと、木の向こう側へと消えていった。

その夜、宣言どおりに瑞龍が再び姿を現した。

燭台の下で教本を読んでいる秀瑛を見て、笑みを浮かべている。

「俺の贈り物は気に入ったか？」

してやったりという顔つきにムッとくるが、与えられた教本はどれも夢中になるほど面白かったので、秀瑛は唇を嚙みながらも、一応礼を述べた。

「ああ、字引があったので、たやすく内容が摑むことができた。……ありがたい」

秀瑛の素直な言葉に、瑞龍は虚を衝《つ》かれたような顔をして、まじまじと秀瑛を見つめる。

「……なんだ。礼を言ったのに、何が気に入らないのだ」

すぐに低い声を出して威嚇《いかく》する秀瑛に、瑞龍はホ、と息を吐き、笑いながら首を横に振った。

「気に入らないことなどない。なかなかよい読み物だろう？」

「そうだな。昨日の『狼の恩返し』の内容も分かった。それからこれも、……面白い」

今手にしている本は、剣の修業に出た一人の若者が、苦難を乗り越えながら剣豪までに育っていくという物語だ。師匠に無理難題を仕掛けられたり、好敵手が現れたりと、次々と問題が起こり、それを様々な方法で乗り越えていく。

しゃべる動物も出てこないし、秀瑛にとってとりつきやすい内容で、若者の成長していく様を自分に置き換えて楽しむことができた。

「そうか。そうだと思ったのだ」

秀瑛の言葉に瑞龍が満足そうに頷く。ミトに持たせた書物は、この男が自身で吟味したのかと、その顔をじっと見つめる。

「俺もこの話が好きで、以前は夢中になって読んだものだ」

座っている秀瑛の側に寄り、頁を捲り、「ここが特に」と言い、自分の気に入っている場面を話している。

いつもは皮肉げに片方だけつり上げている唇は、今は全開に笑っていて、白い歯が見える。冷たい石のようだった碧い瞳も、蠟燭《ろうそく》の炎のせいか、温かく見えるのが不思議だ。

子どものような顔をして教本の内容を語っている瑞龍を見ていてふと、頬に残る一筋の傷を見つけた。

治りかけの刀傷は、おそらく秀瑛がつけたものだ。あのとき、血を流しながらもなんの動揺も見せずに秀瑛の腕を押さえていたことを思い出す。

「どうしたのだ？」

秀瑛の視線に気づいた瑞龍が顔を上げた。碧い瞳が真っ直ぐに注がれる。

「それは、私がつけた傷だな」

秀瑛も視線を外さないままそう言うと、瑞龍は「ああ」と笑い、指先を傷に持っていき、線に沿って滑らせた。

「もう治った」

皮膚は閉じ、肉の盛り上がりも見せていないそれをなぜか嬉しそうに指で撫で、瑞龍が笑う。

「知らなかったとはいえ、国王に刃を向け、傷をつけたというのに、なぜ私を罰しない」

「傷を負うなどしょっちゅうだ。俺に傷をつけたからと相手を罰していては、剣の稽古《けいこ》にならないだろう」

「稽古ではない」

あの場面での決死の抵抗を剣の稽古と一緒にされ、秀瑛は不穏な声を出すが、瑞龍は笑顔のまま「とにかくどうということはない」と言って取り合わない。

「ましてや私は敵国の王だぞ。どうして私にこのような待遇を与えるのだ」

壬乃国の城を出たとき、あるいは兎乃国に入ったとき、開拓地域での諍《いさか》いの場面でも、どこでも処刑はできたはずだ。

それなのにどういう気まぐれか、秀瑛は王城の離れに運ばれ、手厚い看病まで受け、今もこうして書物を与えられている。

「おかしいではないか」

秀瑛の言葉に、瑞龍は「そうか？」と、とぼけた返答をする。

「気まぐれか何か知らないが、とにかく私はこのような処遇を受ける立場ではない」

「立場を決めるのはお前ではない。俺だ」

もっともな言葉にグッと詰まる。確かに自分の立場を主張する権限はない秀瑛だ。だから尚更《なおさら》、今のこの状況に納得がいかないのだ。

押し黙ったまま睨み返す秀瑛を見つめ、瑞龍が楽しそうに口の端を上げる。見慣れた冷笑だが、今日のこれはとても楽しそうなのが、また気に障る。

「それに、気まぐれではない。興味が湧いたのだ」

相変わらず口端を上げた悪戯小僧《いたずら》のような顔をして、瑞龍が言う。

「俺に剣を当て、首を落とそうとするお前の目にゾクゾクした」

「なんだ……それは。どういう意味だ」

碧い目を光らせ、瑞龍が秀瑛を見据える。

「開拓地域に視察に出向き、監視兵とお前との諍いに出くわした。あのときお前は裸に剝かれ、怪我まで負っていたのに、俺の側近から鮮やかに刀を抜き取った。見事だったぞ」

近平たちに襲われ、その騒ぎの中で秀瑛が見せた鬼気迫る姿に、瑞龍は度肝を抜かれたと言って、楽しそうに笑った。

「おまけにあの腕で自分の髪を切り落とした」

肩にも届かないほどに短く切られた秀瑛の髪を見つめ、瑞龍が目を細める。

「兵の誰かが止めに入っていたら、斬り殺されていただろうな。俺の側近に軟弱な者はいない。それでもあのときのお前には敵わなかっただろう。それほど凄《すさ》まじい気迫だった」

「さあ、分からんな」

あのときは怒りと屈辱で我を忘れた状態で、実を言えばよく覚えていない。肩の痛みを堪え、死を覚悟して差し違えてやろうと思ったことだけは確かだが。

「壬の王族など皆たいしたこともないと高を括《くく》っていたのだが、お前は違うようだった」

「何を……っ、またそのようなたわけたことを言うのか、貴様」

またもや壬を侮辱され、声を荒らげる秀瑛に、瑞龍は豪快に笑い、「その気の短さも面白い」と言うのだ。

「まあ、悪いようにはしないと言っているのだ。傷が完全に癒《い》え、体力を取り戻すまで、ここでゆっくりしていればいい。そういえば、少しは食事がとれるようになったそうだな。よかった」

ギリギリと歯を鳴らして悔しがっている秀瑛に向かい、瑞龍はそう言って、卓上の教本を再び手に取った。

「今日持たせた教本はすべて読んだのか？　字引を使いながらでもたいしたものだ」

「ああ、いや。これは、分からなかった」

重ねられた書物の一冊を取る。音楽のための教本というこれは、字引書にも他の教本にも載っていない記号が使われていて、どのように読めばいいのか、まったく分からない。

「ああこれは、音曲を奏でるための楽譜だな。お前は楽器を嗜《たしな》まないのか？」

「何も……嗜まぬ」

また壬乃国の文化の低さを嘲笑《あざわら》うつもりかと、低い声で答える秀瑛に、瑞龍は何も言わず、帳の陰に控えていた側近に声をかけた。

しばらくして側近が持ってきたのは、竹で作られた笛だった。

「俺もそれほど得意ではないが、これは幼い頃からやっていた。ここにある楽曲ぐらいなら奏でられる」

そう言って笛を横に構え、瑞龍が静かに息を吹く。

低く掠れた笛の音は、やがて艶《つや》やかな音になり、水が流れるような音曲を奏で始めた。

岩のような大柄で、無骨な指を持つ瑞龍の笛の音は、夜に浮かぶ月のように清らかだった。高くか細い音が続いたかと思うと、次には低くゆったりとした音が息とともに流れる。

秀瑛は目を瞑り、耳を澄ませた。

壬乃国では耳にしたことのない旋律だった。それよりも、これほど間近で楽器が奏でる音を聞いたことがない。王城の遠き離れに住まいを置いていた秀瑛は、時々城から聞こえてくる演奏を、遠くから聞いていただけだった。

本人は得意でないと言っていたし、秀瑛にそもそも楽器の技量は測れない。だが、今届いてくる笛の音は、耳に心地好く、今日のこの夜に相応《ふさわ》しいような気がした。

やがて曲が終わり、瑞龍が唇から笛を離す。

「久し振りだったからな、ところどころ、つっかえてしまった」

そう言って照れくさそうに笑っている。失敗など気づかなかったし、もっと聞いていたいような気もしたが、そんなことは口に出せないので、秀瑛は黙って楽譜を手に取った。

「今奏でたのが、ここにある曲なのか？」

「そうだ。習い始めの頃に取り組む楽曲の一つだな。音階が少なく、運指も単純な運びだからな」

「ふうん……」

どうひっくり返してみても記号の意味が分からず、楽譜を凝視している秀瑛に、瑞龍が丁寧に記号の意味を教え始めた。

「ここは音階、これは音の長さを指す。覚えてしまえば、文字よりも簡単に読めるぞ」

そう言いながら、この音はここ、これはここ、と笛に置く指の位置の手本を見せてくれた。

「どうだ。吹いてみるか？」

今自分が奏でた笛を差しだされ、秀瑛は好奇心でそれを受け取ってしまった。

「口端を横に引き、唇の中心から息を吹くのだ」

瑞龍がしていたように笛を横に構え、教えられるとおりに息を吹くが、笛は音を出さず、自分の息だけが漏れてしまう。

「初めてではなかなか難しいかな」

何度も試してみるが上手くいかず、癇癪《かんしゃく》を起こしそうになる。

「なぜ音が出ないのだ」

「力任せに吹くからだ。火を熾《おこ》すのではないのだから、そんなに強く吹かなくてもいい。

口を横に引き、真ん中からそっと吐き出してみろ」

懸命に言われたとおりにやってみるが、やはり音は鳴らない。

「出ないぞ。笛が悪いのではないか？」

「今俺が吹いてみせただろうが。ほら、やってみろ」

言い争いをしながらふと気がつくと、瑞龍がぴったりと寄り添うようにして手解《てほど》きをしている状況になっていて、秀瑛は慌てて笛から手を離した。

「もういい。私にはこういうものを嗜む才はないようだ」

「なに、何度も試していれば音は出るようになる」

諦《あきら》めるなと励まされ、また手を取られ、笛を宛《あ》てがおうとしてくるから身体をずらして逃げると、瑞龍はハッとしたように手を引っ込めた。

「強引なことをしてすまなかった」

急に謝られ、こちらも慌てて「いや、そんなことはない」と言う。

気まずさに下を向いていると、瑞龍が気遣うように秀瑛の顔を覗いてくる。

「なんだ？」

「震えはもう起きていないようだな」

その言葉に、瑞龍から逃げた行動が、秀瑛の恐れからくるものだと勘違いしたらしいと分かり、途端に頭に血が上る。

「私がお前を恐れているとでもいうのか……っ、そんなはずはないだろう。変な気遣いなどするな。私は笛の音が出ないのが気に食わないだけだ」

あからさまに機嫌を悪くした秀瑛の様子に、瑞龍はどういうわけかクックッと身体を揺らし、笑い始める。

「……何が可笑《おか》しいのだ」

「いや、気にするな」

「気になどしていない！」

打てば響くような秀瑛の返しに、今度はあっはっはと声を上げて笑い出すからますます激昂する。

「貴様、本当に無礼だぞ！　笑いをおさめろ」

秀瑛が怒れば怒るほど笑うのは、本当に無礼だと思う。何がそんなに可笑しいのかさっぱり分からず、「笑うな」と怒鳴ればまた笑うのだ。

「お前はやっぱり面白いな」

「面白くなどないぞ！」

「何かに似ていると思ったら、そうだ、あれに似ている」

「誰にだ？」

「俺の知っている動物なのだが、それがな」

「っ、今度は動物と一緒にするのか。どこまでも無礼なやつだ」

「容易に懐かなくて、すぐに毛を逆立てる。なに、割合と可愛いのだぞ？　可愛らしいのに凶暴なところが似ている。そっくりだ」

「うるさいっ」

憤激する秀瑛を宥《なだ》めているのか、からかっているのか、瑞龍は満面の笑みを湛《たた》えながら、「今度あの動物をお前にも見せてやりたい」と言う。

「しかしなかなかに用心深いのでな、難しいかな」

「そんなものは見たくないぞ」

「いや、見ればお前も納得するだろう」

どこまでも人を馬鹿にした物言いをし、機嫌よく笑いながら、瑞龍は「いつか見せてやる」と、約束をするのだった。


兎乃国に囚われてから、一ヶ月が過ぎた。

怪我も身体も完全に回復したが、秀瑛は囚人の住む開拓地域に戻されることはなく。未だに王城の離れの部屋に監禁されたままだった。

日に二度の食事をミトが運んでくれ、希望があれば他にも届けると言われているが、特に望みはなかった。それでも毎日珍しいものや滋養のあるものが運ばれてきて、特に果実は毎回種類が違い、ときには壬乃国で口にしたことのない菓子も味わうことができた。

外に出ることはなくとも、なんの不自由もない暮らしをさせてもらっている状況だ。

書物も毎日のように新しいものが届けられ、今では字引なしに読むことができるまでになった。初級の絵のついた教本から、文字だけが綴られたものを読めるようになり、物語の世界に没頭する毎日だ。

瑞龍も頻繁に離れに訪れては、今読んでいる書の内容の話をしたり、また笛の音を聞かせてくれたりする。相変わらず人を小馬鹿にし、言い合いが絶えない。秀瑛が感情を高ぶらせれば高ぶらせるほど、瑞龍は楽しそうな顔をし、ますます秀瑛をからかうのだ。

なんとかあの男をやり込めてやりたい秀瑛だが、意地の悪さは秀瑛よりも長《た》けていて、いつも歯噛みをするのだった。

瑞龍が届けてくれる書物は、物語ばかりではなく、兎乃国や近辺の国々、また大陸全体のことを記した史実書もあり、秀瑛はそれも興味深く読んだ。

書によれば、壬は太古に大陸の東にある小島から渡ってきた民の末裔だというのだ。

諜報《ちょうほう》を得意とする集団で、遊牧をしながら大陸を渡り歩いているうちに、自然豊かな大国に目をつけ、長年をかけて調略し国を奪い取った。

領地の周りに強固な城壁を巡らせ、奪還されることを防ぐために大陸の民を差別し貶め、恐怖政治を敷いたという。

兎乃国から見た壬乃国の歴史は、秀瑛が教えられてきたこととはまるで違い、それ以外にもひどい書かれようをしている。

だいたい、壬乃国は千年以上も続くと秀瑛は聞かされていたが、ここにある書物には、建国してから二百年と経っていないことが綴られていた。それに大陸の外から渡ってきたなどとは、聞いたこともない。

瑞龍は以前、秀瑛が言ったことが出鱈目だと言った。彼はこの史実を信じているから、あのような糾弾になったことが今は理解できる。

あのときは秀瑛も大いに憤り、反論したが、今はそれが難しい。秀瑛が自国の教えを信じているのと同じように、瑞龍も兎乃国で教えられたことを信じて疑わない。そして、秀瑛には、彼を論破できるほどの確固たる材料がないのも事実だ。

壬乃国で前王である父の息子として生まれてからの十八年間、秀瑛は王城で育ち、王城の者の教えしか知らない。城の離れに住み、関係するのは教育官のみで、父とも滅多に顔を合わすことがなかった。

物心ついたときには母親はすでに亡くなっていたので、母の顔も覚えていない。生まれてすぐに亡くなったという兄と弟も同様、生き残っているはずの妹たちとすら、一度も会ったことがないのだ。

学問所へは通わず、城から出たことさえ一度もない。兎人は壬に劣る民族で、壬の導きがなければ何もできないと教えられた。

だが、ここへ通うミトも、もちろん瑞龍も、自分の知っている兎人とはまるで違う。秀瑛を襲ったあの近平たちでさえ、文字が読め、物語を知り、音楽が奏でられるというのだ。瑞龍は文化の高さこそが国の豊かさだと語った。それならば、秀瑛の育った壬乃国とはいったい……。

秀瑛の教えられたことはどこまでが本当のことなのか。それとも瑞龍が言うように、すべてが出鱈目だというのだろうか。

それならば、なんのためにそんなことをするのか、その理由が分からない。考えても答えは見つからない。ここには兎乃国で用意された書物しかなく、壬の人間もいないのだ。

父たちは今、どうしているのだろうか。

地下通路から無事に脱出をしても、その先が安穏だという保証はない。処刑を覚悟で城に残った自分一人が、こんなところでのうのうと暮らしていることが心苦しかった。

秀瑛は歴史書を閉じ、卓子の上に置いた。ミトは午後のお茶を置きにきたきり、今はここにはいない。朝、夕と秀瑛のために食事を運び、午後にも茶を準備してくれる。その合間を縫って学問所へ通っていると言った。秀瑛のために貴重な学びの時間を削ることになってしまい、申し訳ないと思う。

秀瑛が囚人たちの労働地区に移されれば、ミトもここへ通うことはなくなるのだろうが、それはいつになるのか、瑞龍の裁量次第だ。

歴史書の隣にある楽譜に目がいく。瑞龍にもミトにも教わって、楽譜は読めるようになったが、あの笛はまだ音を出さない。

秀瑛は立ち上がり、瑞龍が置いていった笛を手に取った。そっと唇を置き、息を吹いてみる。

ふぃ～、という情けない音が漏れ、やはり瑞龍が奏でるような笛の音は鳴らなかった。

「どうして音が鳴らないのだろう。ちゃんと教えられたとおりに吹いているのに」

唇を横に引き、真ん中から少しずつ息を出しても笛はウンともスンとも言わない。

「唇の形に問題があるのか？」

瑞龍の唇は厚く、自分のは薄い。だが子どものミトも鳴らせるというのだから、そこは問題ではないらしい。わりとなんでも器用にこなせるのに、笛だけが思うように音が出ないのが悔しかった。

「何度もやっていれば出るようになるなどと、あの嘘つきめ」

悪態をつきながら、是が非でも音を出してやろうと、ムキになって吹き続けている後ろで、息を吐く音が聞こえた。

振り向くと案の定、瑞龍が身体を震わせて笑っている。

「……黙って覗いているとは、趣味の悪いことをするのだな」

「あまりに懸命に稽古をしているのでな、声をかけるのが憚《はばか》られた」

「嘘をつけ。面白がって見ていたのだろう」

憮然《ぶぜん》とした声を出すが、瑞龍はいつものようにまったく悪びれることなく、ズカズカと部屋に入ってきた。

「陽気がだいぶよくなってきた」

「ああ、そのようだな」

窓の外の陽射しは燦々《さんさん》としていて、木々の緑も濃くなった。壬乃国よりも季節の巡りが遅い兎乃国にも、ようやく初夏が訪れたようだ。

「どうだ。外へ出てみるか」

「……え？」

瑞龍の思いがけない言葉に、茫然と聞き返すと、瑞龍は笑顔のまま「行こう」と誘ってきた。

「城の領地内になるが、この離れの先には森があり、散策をするにはいい場所だぞ」

「しかし、いいのか？」

「何がだ」

「私は囚われの身だ。勝手に外に出るなど……」

「勝手ではないだろう。俺が誘っているのだから」

「しかし……」

「出たくないのか？」

そう聞かれれば、出たくないわけがない。

躊躇している秀瑛の腕を取り、瑞龍が強引に引っ張ってきた。

「散策するぐらいかまわん。もっとも護衛はつくがな」

「そうなのか」

「二人がいいか？」

例の悪戯小僧のような目をして、瑞龍がからかってくる。

「まさか。そんなことは思わない」

「いつも俺と二人きりだからな。そのほうがいいのかと思った」

「二人きりではない。いつも帳の陰に人がついているではないか」

瑞龍が離れにやってくるときは、必ず護衛がついている。扉のすぐ前に垂れている帳の奥に、いつも待機しているのだ。

「確かに。お前が望むなら、人払いをしてもいいのだぞ」

「そんなことをして、私がいつお前の暗殺を目論むか分からないぞ」

「そうか。それは危険だ」

秀瑛の脅しにも、まったく無防備な笑みを返し、瑞龍は「では行こうか」と、秀瑛を外へと連れ出した。

しばらくぶりの外の風は、濃い緑の匂いがした。

「森はあの道を行った奥だ。湖もあるぞ」

瑞龍に手を引かれながら、王城の領地内を案内される。丁寧に手入れをされた芝草と、石畳を並べた道が続いていた。二人の少し後ろを、二人の護衛がついてくる。

石畳の道が終わり、そこからまたしばらく行くと、大きな湖が姿を現した。湖の向こうには、鬱蒼《うっそう》とした森が広がっている。陽の光を反射させた水面が煌《きら》びやかに光り、美しい。湖の側には小さな白い花がたくさん咲いていた。

「ここには緑があるのだな。私が労働させられた場所とはまるで違う」

荒涼とした開拓地域とは違う景色を見て、秀瑛がそう言うと、瑞龍は「ここも昔はそうだった」と言った。

「開拓したのだ。あの地域もいずれこんなふうになるぞ」

石を除《の》け、運び、硬い土を耕し、水を引く。長い時間をかけ、根気強く開拓をした結果が、今目の前に広がる景色なのだという。

「あの土地がこんなふうに……？」

これがあの砂埃の舞う荒涼とした土地と同じものなのかと、茫然となる。

「そうだ。先々代のもっと前の時代から計画を立て、人を集め、耕してきたのだ」

「この湖も、人の手で作り上げたのか？」

「ああ。水は命の源だからな」

目の前に広がる森の木々は太く、高い。湖も水をなみなみと湛え、岸辺には鳥も飛来している。数年や数十年ではとても作り上げられそうにない、広大な森の姿だ。

「お前の故郷、壬乃国に似ているだろう？」

「え……？」

呆《ほう》けた声を出す秀瑛に、瑞龍が笑い、「なんだ、その腑抜《ふぬ》けた顔は」と茶化してくる。

「壬乃国にも大きな湖があるだろう。森の木も、壬乃国と同じものを植えたのだそうだ」

瑞龍の祖先は壬に土地を奪われ、追い出されたのだと以前言っていた。そしていつか奪還することを夢見ながら、流れ着いた土地を開拓し、故郷を再現させることを試みたのだ。

「かなりの挫折《ざせつ》を繰り返したようだ。ここまでするのには、相当な苦労がいった。俺のずっと祖先のことだがな。そしてまだ挑戦は続いている」

「それがあの開拓地なのだな」

「そうだ。いずれ奪われたあの国以上の領地にしてやろうと、皆一丸となって働いているのだ。どうだ。お前の故郷と比べ、遜色《そんしょく》ないほどに豊かになっているだろう」

「そうだな。……たぶん、そうなのだろうな」

秀瑛の心許《こころもと》ない返答に、瑞龍が不満げに片眉を上げた。

「まさか壬乃国には及ばないとでも言うのではあるまいな」

気分を悪くした瑞龍に睨まれるが、秀瑛にはそれしか答えようがなく、目の前の風景を眺めながら「分からないのだ」と言った。

「分からない？」

「ああ。私は壬乃国でこのような風景を見たことがないから。似ているのか、壬乃国よりも素晴らしいのか、答えようがない」

瑞龍が怪訝《けげん》な顔をし、秀瑛を見つめた。

「……本当に知らないのだ。私は許された範囲から出たことがないから」

「それは、どういうことだ？」

「王城から少し離れた場所に、石造りの小屋があり、私はそこで生活をしていた」

生まれてからしばらくは、母親である第二王妃と後宮にいたのだが、そのうち母親が亡くなり、物心ついた頃には、秀瑛は一人離れの小屋に住まうようになっていた。

「壬の伝統により、王を継ぐ者はずっとそうして育ってきたのだ。庶民の生活を知り、贅沢を覚えないようにと」

「その教えは分からないでもないが、城下にも下りず、自分の治める領地を見たこともないというのか？　その小屋から一歩も出たことがないと？」

「そんなことはない。範囲は限られていたが、外に出るのは自由だった。それに、十四になってからは二年間、兵の訓練のために城の東に位置する兵舎に入っていたこともある」

そこでは身分を隠していたが、次期王としての自覚を常に持てと教えられていた秀瑛は、誰よりも熱心に鍛錬を積んだ。生まれたときからの境遇に疑問を持ったことはなく、王としての心得を叩き込まれ、当たり前のこととして、これまで生きてきた。

「暗殺を回避するために、私の存在は表には出せなかったのだ。本来なら二十歳になったときに皇太子としてお披露目をする予定だったのだが、……その前にお前たちが攻め入ってきた」

お披露目が済めば、城下へも行くことができ、領地内を案内される予定だった。今目の前に広がる風景と同じものも見られたはずなのだ。

それらをすべて台無しにしたのは、瑞龍たち兎乃国の人間だ。

「私の国は、美しい国だったのだな」

豊かで平穏だった我が故郷に、もう帰ることは叶わない。

秀瑛の隣にいる瑞龍は、とても難しい顔をして考え込んでいる。

湖で羽根を休めていた鳥たちが、一斉に飛び立った。小さな波紋をいくつも作りながら、湖面がキラキラと輝く。

「……あ、あれは」

鳥の飛び立つのを眺めていると、岸辺の草むらに隠れるようにして蹲《うずくま》っている灰色の塊を見つけた。

斑点模様の顔に丸い耳、フサフサの毛並みに長い尻尾を持つあれは、時々窓の外に姿を見せる、あの動物だった。

飛び立ってしまった鳥を見上げ、動物は草むらにパッタリと寝そべった。狙った獲物に逃げられてしまい、ふてくされているように見える。

「鳥を狙っていたのか。瑞龍、あれはなんだ？」

秀瑛が動物を指さして聞くと、顔を上げた瑞龍が「ああ」と笑顔になる。

「あれは古代から大陸に生息する山猫に似た獣だ」

「猫なのか」

「近いものだと思うが、詳しくは分かっていないのだ。人に近づかないのでな。我々は『マヌル』と呼んでいる」

毛皮を目当てに乱獲されていた歴史があり、兎乃国で保護しているのだが、凶暴で人には懐かず、だんだん数も減ってきているのだそうだ。

「あれをお前に見せたかったのだ」

「いつか私に似ていると言っていた動物か」

「そう。どうだ？　似ていないか？」

さっきまで沈んだ表情を見せていた瑞龍は、いつもの悪戯っぽい顔に戻り、秀瑛を覗き見てくる。

「どこがどう似ているのだ。毛むくじゃらだぞ。おまけに凶悪な顔をしているではないか」

「可愛いじゃないか。可愛いのに凶暴で、攻略が難しい」

瑞龍が機嫌のいい声を出し、秀瑛に睨まれる。草むらにいたマヌルと呼ばれる動物は、秀瑛たちの存在に気づいたのか、じっとしたままこちらを見ていた。

「今日は運がよかった。あれはとても用心深くてな、なかなかお目にかかれないのだ。またいつ出会えるか分からない」

「あの動物なら、私は今日で三回見たぞ。時々窓の外に姿を現す」

「なんだと？　あれは幻の獣とまでいわれているのだぞ。俺でさえ今まで数えるほどしか出会ったことがない」

瑞龍が驚いた顔をし、秀瑛は少し得意な気持ちになった。

「人を見るのではないか？　お前は害悪だと、あっちも分かっているのだろう」

秀瑛の毒舌に、瑞龍は声を上げて笑い、「そうかもしれないな」と言った。

空に飛び立った鳥たちが、湖の向こう岸に降り始めた。クワクワと騒がしい鳴き声を上げながら、湖面を滑るように泳いでいる。

獲物を取り逃がしたマヌルは、それらを名残惜しそうに眺め、やがて森の奥へと消えていった。

風が吹き、水面が揺れる。

鳥たちはのんびりと羽根を休めていた。湖の奥には青々とした森が広がっている。

秀瑛の故郷に似せて作ったという風景の中、敵同士の二人が並び、言い合いをしながら、時々は笑い声を立て、長い時間を過ごすのだった。


窓の外からギャォ……ン、という鳴き声が聞こえ、秀瑛は読んでいた書物から顔を上げた。

窓から外を覗くと、斑点を載せた丸い身体が遠くに見える。

「ああ、今日はそちらから挨拶《あいさつ》に来てくれたのか。幻と言われているわりには、よく顔を出すのだな」

王城の離れに連れてこられてから、一ヶ月と半月が過ぎようとしていた。開拓地区へは未だ戻ってはいない。

あれから瑞龍に連れられ、森へは何度か散策に出かけた。もちろん数名のお供をつけてのことだが、それでも部屋の中にずっと閉じ込められていた身としては、いい気晴らしとなっている。

そのときに出会ったマヌルという動物は、なぜか頻繁に秀瑛の前に姿を現してくれる。触るほどまでには近づいてはこないが、微妙な距離を保ったまま、寛《くつろ》いだ姿を見せてくれたりするのだ。

秀瑛はあの動物に密《ひそ》かに『マール』と名をつけて、心の中で可愛がっていた。自分と似ていると言われた点には、未だに賛同はできていないが、瑞龍でさえも数回しか出会ったことのない動物に、頻繁に会えるということに、不思議な縁を感じる。

「餌を与えたら食べるだろうか。今度瑞龍に尋ねてみよう」

身体を動かすようになり、以前より食欲も増した。今では用意された食事はすべて平らげるようになっている。壬乃国の城から連れ出され、ここで過ごしているうちに、ふくよかさを増した秀瑛である。

壬乃国にいた頃は、質素を旨としていたため、日に二回も食事をとることのほうが少なかった。戦になれば、兵は何日も食べられないことが続く。そのために平素から空腹に慣れておけという教えだ。

それがここに来てからは、毎日決まった時刻に食事が運ばれ、今まで滅多に口にしたことのない肉や果物、菓子まで与えられる。

そんな生活を一ヶ月以上も続けているうちに、骨の浮いていた身体に肉がつき、白磁のようだった肌にも色が射した。瑞龍に連れられ、陽を浴びることが増えたからだろう。

瑞龍はそれでもまだ不満らしく、もっと食べろ、もっと太れと無茶を言う。太らせてどうするつもりなのかと思うのだが、ミトに命じ、せっせと食事を運ばせるのだ。

その瑞龍は、ここ三日、離れには顔を出しにこない。

「公務が忙しいのだろうか……」

木の下で丸くなっているマールを眺めながら、秀瑛は独りごちた。

毎日のように顔を合わせていたのが、パッタリと来なくなり、ほんのわずか退屈な思いだ。会えば喧嘩《けんか》ばかりになるのだが、……とうとうそれが嫌になったのだろうか。

「しかし、あれが気に障ることばかりを言うのだから仕方がない」

自分の中で言い訳を見つけてみるが、秀瑛は敵国から連れてこられた人質であり、元来今のような暮らしをしていること自体が希有《けう》なことなのだ。

「己の身をわきまえろとでもいうつもりか。それならさっさとここから追い出せばいいものを」

だんだん腹が立ってくる。

強引にこの部屋に留め、散策へ連れ出したりしておきながら、この仕打ちだ。

読んでいた書物に目を戻すが、もう読む気にもならなくて、秀瑛は本を閉じた。

窓の外に再び目を向けると、マールの姿も消えている。

そのとき、部屋の扉がホトホトと叩かれ、ミトが入ってきた。

「秀瑛様、お茶をお持ちしました」

盆には茶器と、焼き菓子が載っている。

「読書は進みましたか？」

「ああ、これももうじき読み終わる」

「それではまた新しい書物をお持ちいたしますね。どのようなものをご所望でしょうか」

「ああ、そうだな。その……、瑞龍はどうしている？　あれの勧めを聞きたいのだが」

茶の用意をしているミトにさりげなく瑞龍の様子を聞く。

「ここ最近顔を見せないのでな。忙しくしているのだろうか」

「ああ、瑞龍様は今、兎乃国にはいらっしゃいません。他国へ向かわれています」

「遠征か」

瑞龍が自分からここを訪れることをやめたのではないことが分かり、秀瑛はホッとした。

「それではしばらくは留守になるな。どの辺りに行っているのだろう」

「はい。私もよくは分からないのですが、ここからずっと南にある国だそうです。一国だけではなく、二、三、相手にすると」

兎乃国の軍は強いと聞いているし、実際秀瑛の国も短期間で落とされた。瑞龍自身も類を見ないほどに剣の腕が優れていることは、身を以て知っている。

しかし、一度に複数の国を相手にすれば、危険が増すのも確かだ。慢心が失敗を生まねばよいがと、不安が生じる。

瑞龍の逞《たくま》しい体軀と、秀瑛の剣を制したときの自信に溢《あふ》れた顔を思い出す。

あれほどの男だ。容易に討たれるようなことにはならないだろうが、戦は何が起こるか分からない。

……大怪我など負わねばよいのだが。

ミトの淹《い》れてくれた花の香りのお茶を口に含みながら、いつしか秀瑛は、瑞龍の身を案じていた。

「ずいぶん勢力を伸ばしているのだな。複数国を一度に相手にするなど、大丈夫なのか？」

瑞龍を案じるあまりの懸念を口にすると、ミトは「戦に行っているのではありませんから」と言った。

「討伐のために出かけたではないのか？」

「はい。国同士で同盟を結び、有益な情報や物資の交換など、交易を円滑に進めるために、瑞龍様自らが各国を回り、交渉をしているのですよ」

兎乃国の軍は、自国を護るために配されているのであって、他国の領地を奪うために設けたのではないという。

瑞龍たちの祖先は、壬に国を奪われた後、大陸を渡り歩きながら各国との交流を持ち、人を集め、財を成し、力を貯めた。そして、誰も見向きもしなかった荒れた土地を長い年月をかけ開拓し、兎乃国を造ったのだ。

これらの経緯を、秀瑛もこの国の歴史書で読んでいた。これも自分が習っていたこととは違い、事実かどうかは未だ判別できないが、瑞龍は剣を持たずに他国との交渉を成し遂げているということだけは、事実のようだ。

「交易の他にも、最近手に入れた領地をこれからどのように活用するか、視察されたりと、お忙しくしておられます」

ミトは言葉を濁しているが、最近手に入れた領地とは、秀瑛の故郷、壬乃国のことだろう。

戦で荒れてしまった領地を整え、民の生活を安定させるために瑞龍は奔走しているのだという。今まで単に労働力として扱われていた人々に、職を得るための訓練をし、商いを覚えさせる。学問所も設置し、大人も学べるような訓練所を作っているのだという。

「働いた分だけ糧になれば、意欲も増します。豊かな生活を得られると思えば、人は努力を惜しまないのです」

兎乃国の学問所での教えなのか、ミトが確信を持った声で言った。

「その礎を築くための采配に、瑞龍様は飛び回っておいでなのですよ」

壬の去った壬乃国は、略奪された兎乃国によって新しく生まれ変わろうとしている。奪った土地を我が物顔で搾取するのではなく、新たな国の建設のために、人を配し、育てているのだと。

「兎乃国の国政だけでもお忙しいのですが、瑞龍様はご自分で動かれるので、周りの方たちも大変なのです」

「そうか。忙しくしているのだな」

「はい。マヌルの手も借りたいと、おっしゃっていました。今いる側近の方々もきりきり舞いだそうで。私もそのような人材の一人になり、早く瑞龍様のお力になりたいのです」

「ああ、官吏になりたかったのだな、ミトは。頑張るといい」

秀瑛の激励に、ミトは「はい」と元気よく答える。

「とにかくお忙しくてらっしゃるから、我が国の王は」

ここ最近のように、兎乃国にずっと留まっていることのほうが珍しいぐらいなのだと、淹れたてのお茶を出してくれながら、ミトが言った。

「ですから秀瑛様が心配なさるようなことはありませんよ」

「いや、なに、何も心配などしていない」

秀瑛の声に、ミトが笑っている。

「本当に心配などしていないからな」

しつこく秀瑛が念を押すが、ミトに「はいはい」と軽く受け流され、居心地の悪い思いをする秀瑛なのだった。


瑞龍が他国との交渉のために出かけてから、十日が経った。

瑞龍がいない間も、ミトは変わりなく秀瑛の部屋を訪れ、世話を焼いてくれ、新しい書物も運んでくる。

その上、瑞龍の不在で秀瑛が退屈をしているようだと伝言をしたらしく、それを聞いた瑞龍の命により、秀瑛の外への散策にも付き添うようになった。

日に一度は太陽に当ててやれという命に、植物の世話ではないのだからと憤慨する秀瑛だったが、王の言葉は絶対で、毎日ミトと二人の護衛とともに、森への散策へ出かけなければならなかった。

季節は初夏を過ぎ、今日も太陽が燦々と照っている。乾いた時期でも湖はなみなみと水を湛え、森の緑も深かった。

瑞龍の命令により恒常化された散策は、少しばかりの気晴らしにはなるが、どういうわけか、あまり楽しいとは思えない。木々の緑に目を和ませ、湖に降り立つ鳥たちを見ても、心が沸き立つこともなくなった。

毎日同じことを繰り返しているうちに、飽きてしまったのだろうか。

囚われの身でありながら、贅沢になってしまったものだと、秀瑛は自戒した。

父の教えはやはり正しかったのだ。壬乃国の離れで過ごしていた頃は、質素を旨とし、行動を制限されていても、このような不満を持つことなどなかったのに。

己の慢心を反省しながら、瑞龍に恨みが向かう。

あの男が悪いのだ。書物を運んだり、豪勢な食事を与えたり、今も自分が留守の間に散策をさせるなど、中途半端な自由を与えるから自分もいつの間にか増長して、こんな不満を持つようになってしまったではないか。

文句を言ってやりたいが、いつ戻ってくるかも分からないから、不満をぶつける相手がいないのも、不満だ。

湖に向かって歩きながら、一定の距離を保ったまま後ろを歩いている護衛を振り向く。

「何かご用でしょうか」

秀瑛と目が合った護衛の一人が膝をついた。

「なんでもない。私の散策などに付き合わされて、気の毒だなと思ったのだ」

「王よりの命ですから」

慇懃《いんぎん》に頭を下げ、護衛が言う。

秀瑛は再び前を向き、湖の周りを歩き出した。

初めに放り込まれた労働地区では、壬乃国の王ということだけで、皆の憎しみを一手に集めた秀瑛だ。

今後ろをついてくる護衛も、あの監視兵たちのようにあからさまな嫌がらせはしてこないが、秀瑛に対する忌避がひしひしと伝わってくる。

ミトも最初のうちはそうだった。瑞龍から秀瑛の世話係を仰せつかり、真面目《まじめ》に務めてはくれたけれども、本心では不本意に思っていたようだった。毎日顔を合わせているうちに、打ち解けてくれるようになったのは、ミトがまだ子どもで、壬が兎人に与えた仕打ちをミト自身が受けておらず、実感がないからなのだろう。

兎乃国の歴史書に伝わる壬の所業が事実であれば、ミトや護衛、監視兵たちの秀瑛に向けての悪感情は、仕方のないことだと思う。それがまったくの出鱈目だと、秀瑛はもはや言えなかった。

なぜなら秀瑛が直接携わった兎人たちは、今まで自分が思っていたような、愚鈍な怠け者の集団ではないからだ。

そして秀瑛は、彼らよりも世界が狭い。自分の意見を言おうにも、後ろ盾となる知識が何一つ備わっていないのだ。

「瑞龍は今どの辺りの国と交渉をしているのだろうな」

自国を繁栄させるために、他国と和解し、交流を持つなどという手段があることも知らなかった。自分の領地を護り、他からの侵入を防ぐことだけが王の仕事ではないのだと、瑞龍の働きを見聞きしていて思う。

囚われの身となって、秀瑛は初めて外の世界に触れた。

もっと知識が欲しい。あらゆる経験を積みたい。そうすれば、何が真実で、何が偽りなのかを判断でき、自分の信念を持つことができるだろうに。

だがそんなことを考えるとき、この欲望は儚い夢なのだと、同時に落胆もするのだ。秀瑛には新たな経験を積むことなど、もう不可能だからだ。

「今日はあの獣は姿を現さないですね」

考え事をしている秀瑛の隣で、ミトが森の奥に目を凝らしている。

「ああ、そういえばそうだな」

いつもは秀瑛たちがこの辺りに来ると、決まって森の奥からのそりとやってきて、木の陰などに佇《たたず》んでいる。

「学問所の友だちにマヌルを見たと話したら、羨《うらや》ましがられたのですよ」

「そうなのか。幻の獣という噂《うわさ》は、あながち嘘ではないのだな」

「ええ。私も生まれて初めてです。しかもこんな近くにいるなんて」

ミトが嬉しそうに言い、秀瑛も「それはよかった」と笑顔になる。

湖の岸辺に佇み、マールが現れるのを待っていると、突然護衛たちが走り出す音がした。何事かと振り返り、護衛たちが走っていく先を見ると、大きな影がこちらに近づいてくるのが見えた。

「あ、瑞龍様。お帰りになられたのですね」

瑞龍の姿を見つけ、ミトまでがそちらのほうへ走っていく。秀瑛一人が岸辺に置き去りになったまま、茫然とその姿を見守った。

護衛二人とミトの歓迎に、鷹揚《おうよう》に応えた瑞龍は、真っ直ぐに秀瑛のほうへ向かって歩いてくる。

「変わりはなかったか？　秀瑛」

いつもと同じ、大きな笑顔を見せ、瑞龍が手を上げた。

「何も変わらぬ」

突然の再会に、何を言っていいのか分からず、出る声が低く冷たくなってしまう。

「交渉に少しばかり時間がかかってしまった。その後の歓待の催しにも招待されたものだから、なかなか戻ってこられなかった」

帰国が遅れた言い訳をされ、それにも「そうか」と、素っ気ない返事をしてしまった。

「食事はちゃんととっていたのか？」

「ああ」

「散策も欠かさずに？」

「そうだ。付き合わされる者たちが気の毒だったぞ。お前が変な命など出すから」

「不手際でもあったか？」

いつもの調子で嫌味を言うと、瑞龍が護衛たちに向けて小言を言いそうになるので、秀瑛は慌てて「彼らはしっかりと仕事をしてくれた」と、言い募る。

「何をするでもなくブラブラする私のあとをついて歩くだけだから、気の毒に思っただけなのだ」

「護衛とはそういうものだ」

「知っている。そっちは、……何事もなかったのか？」

「ああ、交渉事も滞りなく済んだし、なかなか有意義な旅だった」

「そうか、それはよかった」

チラリと覗き見る顔は、相変わらず精悍で、顔色もいいようだ。長期の旅の疲れも感じられず、いつもと変わらない笑顔に安堵する。

「俺を案じてくれたのか」

ホッとした途端の瑞龍の楽しげな声に、すぐさま「そんなわけがあるか」と嚙みついた。

「俺が顔を出さなくなり、腐っていると聞いたぞ」

「それは嘘だな。静かで清々していたのに」

「またそのような素直でない口を利く」

「どういう意味だ。私は嘘偽りない素直な気持ちを言っているのだ」

「秀瑛様、瑞龍様、来ましたよ。ほら」

二人の言い合いの中にミトが入ってきて、森を指さす。

大きな樹の根元に、マールが座ってこちらを見ていた。

「ああ、マヌルか。旅から帰ってきてすぐに会えるとは。これは良いことが起こる予兆かもしれないな」

瑞龍が朗らかな声を出し、秀瑛に同意を求めるように笑顔を向けてくる。

「はて。私は毎日のようにあれと会っているからな。特別なこととも思えないが」

「お前の憎まれ口を聞くのも久方ぶりだ。旅の間じゅうこれが聞けなくて、寂しかったぞ」

「なんだそれは」

食ってかかる秀瑛に、瑞龍は高らかに笑い、それから散策の一員に加わり、一緒に湖の周りを歩いた。

「少しは日に焼けたようだな。肌の色が健康になった」

「そうか？　お前のほうこそ焦げたような色になっているではないか」

「ああ、向こうは陽射しが強かったのでな」

さっきまでは義務感で、ただダラダラとぶらついていた散策が、途端に楽しいものになる。湖面の煌めきも、木々の緑も、目に鮮やかに映るのが不思議だ。

並んで歩きながら、瑞龍は訪れた国々の話を秀瑛に聞かせてくれた。

「南は夏真っ盛りだ。それも暑い季節がずっと続くのだぞ。着るものもこちらとはまるで違う。布は驚くほど軽く、色も鮮やかだ」

その国の風習や人々の生活の様子を、瑞龍はつぶさに観察し、良いことは取り入れたいという。

「そうだ。秀瑛は象を知っているか？」

「像？　石像や木彫りの像のことか」

「違う。動物の象だ。鼻がこんなに長いのだぞ。俺の腕よりも」

「なんだそれは。そんなに鼻を長くしてどうするのだ」

「身体が大きいから鼻でいろいろなことをするんだよ。水を鼻で吸って口に入れたり、物を運んだり。便利だぞ」

「鼻で水を吸ったら痛いではないか」

「そうなのだ。しかしむせることもなく、やつらは大量の水を吸い込み、噴出する。象の背中に乗り、物を運搬したりするのだ。山のように高いのだぞ」

「瑞龍も乗ってみたのか？　その象に」

「ああ。快適だった」

瑞龍の聞かせてくれる異国の話は、想像するのも難しく、秀瑛は驚くばかりだ。

兎乃国は鉱物などの加工技術を持っていて、それを交渉の材料にし、他国からは絹や香辛料など、こちらでは手に入れるのが困難なものを入手できるように取り計らってきたのだという。

「交易が盛んになれば商売も広がり、国も活気づく。我々の持つ技術は希有なのでな、これからどんどん必要とされるだろう」

荒れ地を開拓し、自らの国を造った兎人は逞しい。今は細《ささ》やかな交易だが、それを足がかりにしてさらに同盟国を増やしていくのだと、瑞龍は熱く語った。

「瑞龍様。私も異国へ行ってみたいです。いろいろな国を見聞し、兎乃国の交易のお手伝いがしたい」

話を一緒に聞いていたミトが興奮した声を上げた。

「他国との交易には多くの知識と根気強さ、それに相手の心を測る技量が必要だ。いろいろな国の言葉も覚えなければならないぞ」

「はい。これからますます精進いたします」

「そうか。期待しているぞ。志を強く持てば、必ずや希望は叶うだろう」

官吏になり、瑞龍の補佐をしたいと語っていたミトは、より具体的な目標を見つけ、目を輝かせている。

「秀瑛、世界は広いぞ」

眩《まぶ》しいほどの笑顔を見せ、瑞龍が言った。

今回の他国との交渉の旅は、交易による利益の他にも、多大な恩恵を瑞龍にもたらしたようだ。

異国に赴き、文化の違いを目の当たりにした瑞龍は、それに刺激を受け、これからさらに国を発展させるのだと、大いに夢を語っている。

そんな瑞龍の隣にいて話を聞いていると、秀瑛までミトと同じように、将来に夢を持ってしまいそうになる。

潑剌《はつらつ》とした瑞龍の横顔を眺めながら、見たこともない象という動物の背中に、二人で乗っている姿を、秀瑛は密かに夢想する。

山のように大きく、鼻が長いというその動物の背中の上で並んで座り、国の未来を語り合うのは、どれほど楽しいことだろうか。

現実には起こり得ないことと分かっているが、思うぐらいはかまわないだろう。

夢想は夢想。頭の中で夢を見ることぐらいは、誰にも咎《とが》めることはできないのだから。

湖畔を回りながら会話を交わしている秀瑛たちを、マールが木の下で寝そべりながら眺めていた。

「瑞龍、あの獣に餌を与えてはいけないか？」

いつか頼んでみようと考えたことを思い出し、瑞龍に尋ねてみる。瑞龍は一瞬驚いたあと、うーん、と難しい顔をした。

「あげるのはかまわんが、あれは野生だからな。無理だと思うぞ」

「与えてもいいのなら、やってみたい」

「食べなくても落胆するなよ？」

瑞龍はそう言って、護衛の一人に命じ、干し肉の切れ端を持ってこさせた。

肉の切れ端を持ってマールに近づこうとする秀瑛の後ろを、瑞龍がついてくる。

「瑞龍、ついてくるな。お前の殺気で逃げてしまうだろうが」

「しかし、あんななりでもやつは凶暴なのだぞ。嚙まれでもしたら大変だ」

「それぐらい私だって躱せる。それよりも私が狙われているようで気が気でないぞ」

腰に差した剣に手を置いたまま摺《す》り足で後ろから歩み寄ってくるのだ。前にいるマールよりも、背後に身の危険を感じてしまう。

待っていろと、その場に瑞龍を置いたまま、ゆっくりとマールに近づいていく。

木の下で寝そべっていたマールは、首を擡《もた》げ、近寄ってくる秀瑛をじっと見つめた。

害意はないのだと、なるたけ音を出さないように慎重に歩き、少しずつ距離を縮めていく。顔を上げたマールが、次には前足を立て、走り出そうとする寸前の位置で、秀瑛は足を止めた。

しばらくお互いに見つめ合い、再びゆっくりと歩を進める。かなりの至近距離まで近づいたところで、マールがヒクヒクと鼻を蠢かす仕草をした。秀瑛の手にある肉の存在に気がついたらしい。

「肉は好きか？　お前にやろう」

静かに語りかけながら、ギリギリの場所まで近づいた。マールは立ち上がっていて、いつでも逃げられる体勢をとりながらも、肉の匂いに引きつけられ、葛藤《かっとう》しているらしい。

強引に近づきすぎて去られてしまうのは惜しいので、秀瑛はそのまま地面に肉を置いた。

「食べてくれ。お近づきのしるしだ」

マールに語りかけ、後ずさりをしながらその場を離れる。忙しげに鼻をひくつかせながら、秀瑛が瑞龍たちのいる場所に戻っても、マールは動かなかった。

「食べないかな……？」

辺りを警戒し、うろうろしながら、マールはなかなか肉の側まで近づこうとしない。

辛抱強く待ってみたが、人間の前では食べないのかもと思い直し、諦めることにした。

「やはり警戒心が強いのだな。せっかく持ってきてもらったのに、悪いことをした」

「いや、ほんの切れ端だからな。俺も食べるところが見たかったし」

幻と言われていたマールが、秀瑛の前には容易に姿を見せてくれるから、あるいは餌ももらってくれるかと目論んだが、流石に考えが甘かった。

諦めてその場から去ろうと離れのほうに向かって足を踏み出したとき、「秀瑛様」と、ミトが密やかな声で呼び止めた。

振り返ると、マールが肉の側まで近づいている。クンクンと匂いを嗅ぎ、それから、おもむろに口に咥《くわ》えた。

「……おお、食べたぞ、見ろ、しゅうえ……っ」

「しっ、声を出すな」

咄嗟に手を伸ばして瑞龍の口を塞ぐ。肉を咥えたマールと目が合った。マールはしばらく肉を咥えたまま動かず、それからゆっくりと歩き始めた。

去っていく後ろ姿を見送っていると、マールが一旦振り返り、そして森の奥へと消えていく。

「……受け取ってくれた。見たか？」

顔を上げると、秀瑛に口を塞がれた瑞龍が、目を白黒させたまま、モゴモゴしていた。

「ああ、失礼した。お前が大きな声を出そうとするから」

塞いでいた手を離すが、瑞龍はまだ目を見開いたまま唖然《あぜん》とした顔をしている。そんなことよりも、今目の前で起こったことが嬉しくて、今度はミトに向けて「見ただろう？」と、同意を求めた。

「ええ、見ましたとも。それに一度振り返り、なんだか礼を言っているように見えました」

ミトが興奮したように言い、秀瑛も「そうであろう？」と、二人で手を取り合う。

「あれは絶対に礼を言ったのだ。ちゃんとこちらを見ていたもの」

「凄いです。良いものを見ました。明日、学問所で自慢しよう」

ミトが浮かれた声を上げ、秀瑛も満面の笑みで頷いた。

「なあ、瑞龍、お前も見ただろう？　あの獣が振り向いて、私に礼をしたのを」

瑞龍は未だポカンとしたまま二人を見つめていたが、秀瑛が問いかけると、ハッとしたように瞬《まばた》きをした。それからじわじわと笑顔になっていく。

「……ああ、そうだった」

「凄いだろう。瑞龍、私から餌を受け取った。幻の獣が」

「ああ、凄いな。マヌルが人から餌をもらうなど、初めて見たぞ」

瑞龍の言葉に得意になり、「食べた、食べた」と、ミトとはしゃぐ。瑞龍も楽しそうな笑みを浮かべ、そんな二人を眺めていた。

秀瑛が兎乃国の王城の離れに住むようになり、二ヶ月が経った。

瑞龍は以前にも増して頻繁に秀瑛のもとを訪れるようになっていた。

旅から帰ってきてしばらくの間は、留守の間に溜《た》まっていた公務に忙しかったらしく、顔を見せても短時間だったのが、だんだんと滞在が長くなり、今では離れに入り浸りの状態だ。

今日も秀瑛の所望した大陸の歴史書を持ってきた瑞龍は、そのまま居座り、書物を読んでいる秀瑛の向かいに座り、持ち込んできた書類に目を通している。時々文官が訪ねてきては瑞龍に意見を募り、ここから指示を出していた。

離れの部屋が瑞龍の執務室になったような有様だ。

「瑞龍、お前自分の執務室に戻ったらどうなのだ。わざわざ文官が足を運んでくるのだぞ。手間ではないか」

「いいのだ。危急の案件は今のところないのだから、ここで用が足りる」

ミトが運んできたお茶を飲んでいる瑞龍に苦言を呈するが、まったく意に介さず、菓子に手を伸ばしている。

それどころか、「夕餉《ゆうげ》には酒を持ってこさせようか。俺も一緒に飲もう」などと言い出す始末だ。

「このまま夜まで居座るつもりなのか」

「俺がいては邪魔か？　読書の妨げになるというなら出ていくが」

そんなふうに聞かれれば、返答に詰まってしまう。

「そういうわけではなく……」

「それならここにいてもいいだろう」

「しかし、王がこんなことでは、下の者に示しがつかないのでは」

「これしきのことで、信用を失うような働きはしていない」

ああ言えばこう言う。まったく悪びれない男だ。

「随分な自信家だな」

「実があるのだから、誰《だれ》にも文句は言わせない」

平然と言ってのける神経は流石《さすが》としか言いようがない。

実際、文官に指示を出している様子を見れば、この男の能力の高さが見て取れる。

一を聞いて十を知るとは瑞龍のことを示すのだろうと思うほどに、瞬時に理解し、的確に指示を出す。彼らも王には絶対の信頼を置いているようだ。

秀瑛に対しても、読んでいる書物の内容に疑問が生じれば、どんなことでも答え、それがとても分かりやすいのだ。

秀瑛よりも十歳年上と聞いていたが、二人の差はそれ以上に開いている。これから十年秀瑛が死に物狂いで学んだとして、瑞龍の歳《とし》になったときに、同じような先見を持っているという自信もなかった。

追いついてみたいと思う。瑞龍を見ていると、何かがかき立てられるのだ。この男に追いつき、隣に堂々と並んでみたい。しかし十年経ったときには、瑞龍はもっと先へと進んでいるのだろうと思えば、悔しい思いも募るのだ。

……もっとも、自分に十年先の未来があるとは、考えられないのだが。

「どうした？　どこか分からない箇所があるのか？」

書物から目を離し、空を見つめている秀瑛に、瑞龍が言った。

「いや。何もない。この歴史書は面白いな」

「ああ、そうだろう」

「お前も読んだのか？」

「もちろん。大陸の歴史を知るには、これが一番詳細が分かる。多少難解な部分もあるがな。それにしても、この短期間でここまでの書物を読めるようになるとは、凄《すさ》まじい理解力だ」

「そんなことはない」

「いや、俺がこの書に行き当たったのは、二十歳《はたち》を過ぎてからだ。読むのにもだいぶ時間を要したものだ。それを面白いと感じられるとは、たいしたものだ。お前はとても聡明《そうめい》で、その上勉強家なのだな」

瑞龍の手放しの褒め言葉に、思わず笑みが零《こぼ》れる。

率直で豪快な瑞龍は、人を褒めるときも飾らない。そしてその率直さゆえに、世辞ではないことが分かり、嬉《うれ》しく思うのだ。ミトや護衛、訪れてくる文官たちが、彼を慕うのも理解できる。

「今まで知らなかったことが多すぎるのでな。知ることは楽しい」

「そうか。大いに学べ」

未来がないと分かっていても、知識欲はなくならない。時間のある限り、真実を知りたいと思っている。

その時間はいったいどのくらい、自分に残されているのだろう。

「なあ、瑞龍」

「なんだ？」

「私はいつまでこのような生活を続けるのだ？」

人質の分際で王城の離れに住み、処刑もされず、労働を強いられることもなく、望んだ書物を与えられ、贅沢《ぜいたく》な食事と、暖かい寝床が用意された生活。

これがいつプッツリと断ち切られてしまうのか。

覚悟はしているつもりだ。壬乃国の玉座に着いたときから、絶望は常に自分の側《そば》に置いていた。

夢想は自由だ。だけど期待は持ちたくない。

天命は未《いま》だに下らない。それはいつ下るのか。

「瑞龍。私はいつまで……」

この平穏な生活がいつまで続いていられるのか。この……幸福感をいつまで味わっていられるのか。

「秀瑛。これに関しては、しばしの間待ってくれとしか言えない」

低く、静かな声に顔を上げると、瑞龍が苦しげな顔をして、秀瑛を見つめていた。

「確固たる約束も、説明もできぬ。……何も言えぬのだ」

「ああ。そうだな」

囚《とら》われ人の処遇のことなど、わざわざ本人に伝える義務などない。

毎日のように顔を合わせているうちに、己の立場を忘れていた。私はどうなるのかなど、聞いていい話ではなかったのだ。

「煩わしいことを聞いたな。悪かった」

瑞龍は兎乃国の王で、壬を心底憎んでいると言った男だった。甘えた口を利いてしまった自分が恥ずかしい。

「秀瑛、謝るな。何も分からないままでいるのは不安だろう。俺もお前の処遇に対しては、……いや、すまない」

瑞龍が何かを言いかけ、耐えるように口を閉じた。

語っている。

生易《なまやさ》しい希望的な言葉も、悲観も慰めも、何一つ言えないのだと、苦渋に満ちた表情が
「よい。その日が来るまで、せいぜいゆったりと過ごさせてもらおう。すまなかったな、仕事の邪魔をして」

話を切り上げ、何事もなかったようにして、秀瑛は再び書物に目を落とした。

字面を追うばかりで内容は何一つ入ってはこなかったが、瑞龍のこちらに向ける視線が外れるまで、秀瑛は顔を上げなかった。

沈黙を重く感じるが、瑞龍は部屋を出ていこうとはせず、秀瑛も出ていってほしくないと願った。

今一人になってしまえば、不安に押しつぶされ、叫び声を上げてしまいそうだからだ。

覚悟を持っているなどと言いながら、まったく覚悟ができていないことを自覚する。秀瑛を——壬の血を憎んでいる男に、自分はどれだけ依存しようというのか。

やがて瑞龍が身じろぎをし、書面を捲《めく》る音がした。瑞龍の視線が外れたのを確認し、今度は秀瑛が顔を上げる。眉《まゆ》を寄せて書面を眺めている顔は、内容を吟味しているようにも、別の悩みを抱えているようにも見えた。

あまり長い間見つめ、再び目が合っては気まずいので、秀瑛はそのまま窓の外へと視線を移した。

「あ、……マール」

いつもの木の根元にマールの姿があった。今日も挨拶《あいさつ》をしに来てくれたらしい。

秀瑛は椅子《いす》から立ち上がり、窓辺に寄ってマールの姿を眺めた。

森で秀瑛から餌《えさ》を与えられたマールだが、ことさら懐くということもなく、いつ出会っても一定の距離以上は近づいてこない。肉片を持っていくと鼻をひくつかせ、秀瑛を待つような素振りを見せるが、それでもあまり近づきすぎるとパッと身を翻し、森の奥へと去っていくのだった。

そういえばいつか瑞龍が、マールと自分が似ていると言っていた。可愛《かわい》いのに凶暴で、まったく懐かないという言葉に、なんだそれはと憤慨したものだ。今でもマールと自分が似ているとは到底思わないが、可愛いというのには同意だ。

そんなことを考えながら、窓の外のマールを眺めていて、ふと、マールの様子がいつもと違うことに気がついた。

木の下で落ち着きなくグルグルと回り、時折こちらに向けて高く首を伸ばすのだ。その仕草が、まるで秀瑛が出てくるのを待っているように見える。

「どうしたのだろう……？」

秀瑛の呟《つぶや》きを聞きつけた瑞龍が、「どうした？」と、側までやってきた。秀瑛と一緒に窓の外を覗《のぞ》いてくる。

「マヌルが、どうも様子が変だ」

「ああ、また来ているのだな。マールと名付けたのか？」

え、と見返すと、瑞龍がおどけたように片眉を上げた。

「先ほどそう呼んでいたではないか。いい名だ」

自分一人の中でマールと呼んでいたのだが、思わず呟いた言葉を、瑞龍はちゃんと聞いていたらしい。

油断のならない男だと思いながら、今はマールのほうが心配だ。

瑞龍と話している間にも、マールは木の下でヒョコヒョコと右往左往を繰り返す。

「……あ、足の動きがおかしいのだ」

普段は低くなったまま静かに歩くのに、動くたびに不自然に身体《からだ》が上下している。よく見ると、後ろ足を浮かせ、庇《かば》うようにしていた。怪我《けが》をしているのだ。

「瑞龍、外へ出ては駄目だろうか。あれの様子を見たい」

秀瑛に乞《こ》われ、瑞龍が外出の許可を出してくれた。もちろん瑞龍も追随する。

急いで外へ出て、マールのいる場所まで走っていく。マールは秀瑛を待つ素振りを見せ、だがあまりに近づいていくと、足を引き摺《ず》りながら急いで逃げようとする。

「マール、足をどうしたのだ。見てあげるから、動かないでいて」

やさしく声をかけながら、ゆっくりと歩くが、マールはやはり一定の距離以上近づくと、同じ分だけ遠ざかってしまう。

長い根比べが続いた。瑞龍も秀瑛の側でマールの様子を眺めている。

「瑞龍、私一人でマールを見たい。少し離れたところにいてくれないか？」

わざわざ秀瑛のところに来てくれたのだ。自分一人なら、傷の具合を見せてくれるかもしれない。

秀瑛の頼みに、瑞龍が厳しい顔をして「駄目だ」と却下した。

「あれは存外に凶暴なのだ。まして怪我をしているなら、尚更《なおさら》危ない。気が立っているだろうからな」

「私に助けを求めているのだ。怪我をした足で、ここまでやってきたのだぞ」

「しかし危険だ。他の者に任せてみてはどうか。動物の扱いに長《た》けた者を呼んでくるから」

「私以外ではきっと無理だ。お前だってあれが誰にも懐かないと知っているだろう？　マールは私を頼ってきてくれたのだ。他の者が近づけば、すぐにでもここから去り、もっとひどいことになるかもしれない」

懸命に主張するが、それでも瑞龍は渋い顔を崩さない。

「瑞龍、お願いだ。それでも逃げるなら諦《あきら》める。あとでどんな仕置きでも受けるから。私を行かせてくれ」

た。

「食事を抜いてもいい。鞭打《むちう》ちでもなんでも受けるぞ。瑞龍、私はマールが心配なのだ」

秀瑛の必死の懇願に、瑞龍が溜息《ためいき》をつく。「怪我をするなよ」と、とうとう許してくれた。

「少しでも攻撃的な態度を見せたら、すぐに飛び退《の》くのだぞ」

「分かった」

「剣は与えられないが、棒を持っていくか？」

「怪我の手当をしてやろうというのに、どうして棒を持つのだ。いいから早く遠くへ行ってくれ。マールから見えないところへだ」

許可が下りた途端、瑞龍に指図する秀瑛に、瑞龍は悄悄《すごすご》と引き下がっていく。

瑞龍が遠くへ隠れたところで、秀瑛は再びマールに近づこうと、静かに歩を進めた。

「ほら、私一人になったぞ。怖いことはない。足が痛いのか？　マール、見せておくれ」

少し進んでは止まって声をかけ、また少し進む。

「マール、大丈夫だから」

秀瑛の声かけに、マールが、ゥギャーォオンと、初めて返事をした。掠《かす》れた声は甲高く、痛い、困っていると、訴えているようだ。

「よしよし、痛いのだな。どれ、見せてみろ」

ようやく手の届く位置まで辿《たど》り着き、秀瑛はしゃがみ込んでマールを呼んだ。

マールは身体を上下させ、迷うような素振りを見せたあと、そろそろと近づいてきて、秀瑛の手に顔を寄せてきた。

「おお、来てくれたか。偉いぞ。さあ、足をどうしたのだ？　見せてみろ」

耳や頭、背中の辺りをそっと撫《な》で、警戒心を解いてやる。マールが秀瑛の手にすり寄って横を向くと、浮かせている後ろ足が見えた。肉球の間に折れた木片が突き刺さっている。

「……ああ、刺さったまま取れなくなってしまったのか。けっこうしっかりと食い込んでいるな。これでは痛かったろう」

よしよしと慰めながら、マールが油断して身体を預けてきた隙《すき》に、素早く脇《わき》の下に手を入れ、抱き込んだ。いきなり押さえ込まれたマールは驚いて逃げようとするが、脇を抱えられてそれもできず、秀瑛の腕の中で藻掻《もが》いている。丸々とした身体はずっしりと重く、秀瑛はマールが逃げないようにしっかりと押さえ、動きを封じた。

「大丈夫、今取ってやるから。一瞬だ。我慢しろよ」

片膝《かたひざ》と左腕でマールの身体を固定し、バタつかせている後ろ足の木片を右手で摘《つ》まみ、一気に引き抜いた。

捕まえられて恐慌を来している上に、突然痛みが走ったのだろう。マールはギャオゥ、と鋭い声を上げ、秀瑛の左腕を前足で殴ってきた。

「っ、……ぅ、く」

マールの前足は身体の割合にしては太く、鋭い爪《つめ》を持っていて、それで引っかかれてしまったのだ。羽交い締めにしていた腕の力を緩めると、マールは脱兎《だっと》のごとく飛び退《すさ》り、グルルルと威嚇《いかく》音を上げ、姿勢を低くする。

左腕を確かめると、肘《ひじ》の下から手首にかけて、三本の筋ができていた。傷から血が浮いてきて、パタパタと滴り落ちる。けっこう深く抉《えぐ》られてしまったようだ。

「トゲは取れたぞ。本当なら手当をしてやりたいが、それは嫌なのだろう？」

腕の傷を押さえながらマールに言うと、マールの威嚇音が止《や》み、こちらを窺《うかが》うようにしたあと、たった今木片を抜いた場所をペロペロと舐《な》め始めた。距離を置いたまま時々こちらを見る仕草が、なんとなく申し訳なさそうに見える。

「気にするな。急に抱き込んだからな、吃驚《びっくり》したのだろう。私は平気だよ」

マールにそう話しかけていると、「秀瑛っ！」と瑞龍が叫び、こちらへ走ってくるところだった。

もの凄《すご》い勢いで向かってくる瑞龍に驚き、マールが逃げていった。さっきは左足を浮かせてヒョコヒョコ歩いていたのが、そんなことなど忘れたようにして一目散に走っていく。木片の刺さっていた足もしっかりと地面につけている姿を見て、大丈夫そうだと安心した。

「秀瑛！　引っかかれたのか。見せてみろ」

恐ろしい形相で秀瑛の腕を摑《つか》み、傷を見た瑞龍が目を見開く。

「怪我をするなと言っただろうがっ。マヌルを素手で捕まえるなど、なぜあんな無茶な真《ま》似《ね》をした」

「後ろ足にこれが刺さっていたんだよ。捕まえなければ取れなかった」

マールの足に刺さっていた木片を見せるが、瑞龍はそんなものはどうでもいいというように、しゃがんでいる秀瑛を引き立てて、「部屋に戻るぞ」と引っ張った。


抱えられるようにして離れの部屋へ連れ込まれ、それからは大騒ぎだった。

召使いに水や薬を持ってこさせ、瑞龍自らが手当をする。腕を洗い、軟膏《なんこう》を塗りつけ、丁寧に包帯で巻いてくれた。

「たいしたこともないのに、大袈裟《おおげさ》な」

手当をしてくれる間、瑞龍はずっと怒った顔をしたまま、口も利いてくれない。

「咄嗟《とっさ》のことで、ああするしかなかったのだ」

「…………………」

「……痛くもないし」

「痛くないはずがなかろう。けっこうな傷だぞ」

憮然《ぶぜん》としてはいるが、口を利いてくれたのでホッとして、「これくらい、なんともない」と、虚勢を張った。

「あれほど用心しろと言ったのに」

「しかし、ああしなければ木片は抜けなかった」

「無茶もここまでくると、たわけだな」

「なんだと！」

「腕だからまだよかったが、これが顔や目だったら、こんな騒ぎでは済まなかったぞ。あの獣はとても獰猛《どうもう》なのだ。何度も言ったはずだ」

瑞龍は大事にならなくてよかったと思う一方、怒りが収まらないようだ。

心配をかけ、手当までしてもらい、すまないと思う気持ちは確かにあるが、だけどあのときはああするしか方法がなく、後悔はしていない。

「多少の傷は覚悟の上だった。獣なのだ。押さえられれば暴れるのは当然なのだから」

マールは足に刺さった木片がどうしても取れなくて、秀瑛を頼ってやってきたのだ。他の者には滅多に姿を見せない幻の獣が、秀瑛の前だけには容易に姿を現す。マールと秀瑛との間には、見えない絆《きずな》が確かにある。だからなんとしても助けてあげたかったのだ。

「今後もこのように俺の忠告を無視して勝手をするようなら、もう安易に外へなど出かけられないな」

秀瑛の頑《かたく》なな態度に、瑞龍も低い声を出して、そんなことを言った。

「そうだな。私は元々散策などできる身分ではない。お前の命を聞かなかったのは事実なのだから、素直に従おう」

秀瑛の潔い答えに、瑞龍がなぜか痛手を負ったような顔をする。

「秀瑛、俺は命令をしたわけではない」

「次に同じことがあれば、私はまた同じことをするぞ？　そしてお前はまた怒るのだろう」

「まったくお前は……」

瑞龍が大きな溜息をついた。眉間《みけん》には深い皺《しわ》が刻まれており、やはり相当怒っている。

「……悪かったとは思っていないが」

「少しは思え」

「言うことを聞かなかった仕置きは受けよう。もう外へは出ないし、食事も抜いてかまわない」

「そんなことはしない」

「どうしてだ。私はおまえからの命に背いた。食事を抜いてくれ。鞭打ちも受けよう」

「なぜそういう発想になるのだ」

心底解せない顔をして、瑞龍が秀瑛の顔を凝視する。

「お前の言いつけを守らなかったのだから、仕置きを受けるのは当然だろう」

「そんな、子どもではあるまいし。お前は自分の国で、そんなふうに仕置きを受けていたとでもいうのか」

「そうだが？」

「え？」

今度は素《す》っ頓狂《とんきょう》な声を上げ、大きく目を見開いている。

「言いつけどおりにできなかったときや、課題がこなせなかったときなどは、食事を抜かれていた。鞭打ちもしょっちゅう受けていたぞ」

「前王にか？」

「いや、教育官に。父は私の教育を、すべてその者に任せていたから」

幼少の頃から今に至るまで、教育官は顔ぶれが変わったが、仕置きの方法は皆同じだった。裸足《はだし》のまま外に一晩中立たされたり、木に吊《つ》るされたこともある。

「すべては私の精神を鍛えるため、敢《あ》えて厳しく躾《しつ》けられた」

「躾《しつけ》……。その躾を、お前は受けていたのか？　鞭打ちもか」

「ああ、そうだ」

「鞭は、身体のどこに？」

「肩や背中、ふくらはぎなど、いろいろだ」

手や顔など、表に見える部分は、痕《あと》を見た相手が不快に思うからと言われた。大概が着物の上からなので、痛みは一瞬で傷も残らなかったが、時々は直接肌に打たれることもあり、躾だと分かっていても、辛《つら》いものだった。

「お前たち兎乃国が攻め入ってくる前日にも、そういえば打たれていたな」

敵の急襲など思いもよらなかったから、その前日まで、秀瑛はいつもどおりの平穏な一日を過ごしていた。攻め込まれてからは混乱が続き、いつの間にか教育官の姿も消えていた。

これまでの変化が劇的すぎて、彼のことを今日まで思い出すこともなかったが、無事に城から逃げおおせたのだろうか。

「その日の鞭打ちの仕置きは、どんな理由でされたのだ？」

「なんだったかな？　けっこう頻繁だったから……、ああ、挨拶が遅れてしまったからだった」

朝の水汲《みずく》みに出ていて、教育官が来たときに出迎えられなかったのだ。目上の者を待たせるのはいけないことだと、あの日は肩に鞭を受けた。

「そんなことで……」

「礼儀は大切だろう。蔑《ないがし》ろにした私が悪いのだ」

あの日受けた鞭の痛みを思い出し、肩を触りながら秀瑛が答えると、「傷は残っているのか」と聞かれた。

「さあ。私には見えないところだから。しかしだいぶ日が経っているから、消えているだろう」

「見せてみろ」

え、と思い、顔を上げると、瑞龍は今まで見たこともないような形相をしていた。

もの凄く怒っているようで、それでいて痛みを堪《こら》えているような、不思議な表情だ。

「なぜだ？」

「見たいのだ」

有無を言わさぬという声に、渋々と着物の肩を抜き、背中を向けると、瑞龍の手が秀瑛の肩に触れた。

「肩から背中にかけてのこの辺りだが。……もう残っていないだろう？」

「そうだな。だが、こっち側に、薄い筋が残っている」

背中の真ん中辺りを、指ですっと線を引かれた。

「そうか。いつのことだろう。痕が残るぐらいだから、このときは着物の上からではなかったのだろうな。よほど悪いことでもしたのだろう」

「……痛かっただろうに」

背中に残っているという鞭の痕を指でなぞりながら、瑞龍が切ない声を出す。

「打たれればそのときは痛いが、すぐに忘れる。私はそれほど柔ではないぞ。お前だって刀傷の一つや二つぐらいあるだろう？」

「ああ、それはあるが」

「私にも頬《ほお》を切られていたではないか」

「……まあな。だが、俺は鞭で打たれたことはないからな」

「そうなのか」

「食事を抜かれたこともない」

「そうか」

壬乃国と兎乃国とでは文化も生活の習慣も違う。それならこの国ではどんな仕置きをするのだろうかと考えていると、不意に指とは違う感触が肌に触れた。

温かく、湿ったものが秀瑛の背中を撫でるように滑っていく。

「なんだ？　何をしているのだ？」

瑞龍は答えず、秀瑛の肌の上にそれを柔らかく押しつけている。

「あ……」

ゾクリと、知らない感覚がせり上がってきて、肌が粟立《あわだ》った。

身動きが取れず、固まったままでいると、すっとそれが離れていった。瑞龍が片肌を脱いだ秀瑛の着物を着付けてくる。

「瑞龍、今、何を……？」

「獣の爪は、毒を持っているときがあるからな。今日は一日おとなしくしていろ」

瑞龍はそう言って、秀瑛の問いには、ついに答えてはくれなかった。


翌日の朝、秀瑛はいつもと変わらず離れで朝餉《あさげ》をとっていた。

仕置きなどしないと瑞龍が言ったとおり、昨夜《ゆうべ》もきちんと食事が運ばれ、もちろん鞭打ちも受けてはいない。

昨夜は夕餉が終わったあと、再び瑞龍が訪ねてきて、わざわざ包帯を替えてくれた。

そのときの瑞龍は、もうすっかり怒りは収まっており、いつもの調子で軽口を叩《たた》き、それから笛の音を聞かせてくれた。

瑞龍がいつもと変わらないので、秀瑛もそれに乗せられる形で言い合いをしたものだが、心の中は混乱しており、落ち着かない気分を持て余した。

「なぜあのようなことを……」

あのとき背中に触れた感触は、瑞龍の唇だった。

瑞龍の意図が分からず、昨日からずっとそのことばかりを考えている秀瑛だ。

「秀瑛様、食が進まれませんか？　腕の傷のお具合がよくないのでしょうか」

食事にほとんど手をつけていない様子を見たミトが、心配顔をして聞いてくる。

「あ、いや。……ああ、傷はなんともないが、今日はあまり食が進まぬ」

下げてくれとミトに言い、秀瑛はそのまま茫然《ぼうぜん》と椅子に座ったままでいた。

瑞龍が背中に口づけたあれは、どういう意味なのだろう。

考えても答えは見つからず、瑞龍にいたっては、何もなかったかのように振る舞うのだ。

背中を滑る瑞龍の唇の感触と、そのとき俄《にわ》かに湧《わ》き上がった得体の知れない感覚を思い出し、秀瑛は思わずふるりと身体を震わせた。

昨日のあれは、特に意味のないことなのかもしれない。

しかし、意味なく人の肌に口づけをしたりするのか？

自分なら意味なくそんなことはしないと考え、不意に瑞龍の肌に口づけている自分の姿が頭に浮かび、そのあまりの淫《みだ》らさに、秀瑛は音を立てて立ち上がった。

「秀瑛様、どうされました？」

大きな音に驚き、ミトが駆けつけてくる。

「……いや、なんでもない」

「顔が赤うございます。もしや発熱されたのでは」

「いや、そんなことはない」

「でも、耳まで真っ赤ですよ。瑞龍様にお知らせしてまいります」

「いいっ！　知らせずともよい！」

出ていこうとするミトを大慌てで呼び止め、「なんともないから」と説得した。

「熱などないし、体調もなんともない。そうだな、冷たいお茶を持ってきてもらおうか」

腑《ふ》に落ちない顔をしているミトを宥《なだ》め、下がらせると、秀瑛はほう、と大きな溜息を落とした。

今になってもまだ心臓がバクバクと音を鳴らしている。とんでもない映像を頭に浮かべてしまったものだ。

「……瑞龍が悪い。あれがあんなことをするから」

責任をすべて瑞龍に押しつけながら、今日もあの男は離れに来るだろうかと考え、秀瑛は頭を抱えた。

昨夜はかろうじて平静を装えたが、今日はもう保てそうもない。

顔を見たら、今のように取り乱しそうで、そんな醜態を晒《さら》すのも屈辱だと思う。

逃げ出したくてもその術《すべ》はなく、どうにも八方塞《ふさ》がりだ。

部屋の中をウロウロと意味もなく彷徨《うろつ》いている秀瑛の耳に、微《かす》かに鳴き声が届いた。

窓辺に寄ると、マールの姿があった。

「おお、来てくれたのか」

昨日は足に刺さった木片を取ってやる目的だったとはいえ、向こうにしてみれば、いきなり捕まえられて痛い目に遭わされたのだ。もう秀瑛の前には現れないかもしれないと落胆していたから、今日も姿を見せてくれたのが嬉しかった。

「傷はどうだ？　もう痛くはないのか？」

窓越しに語りかけると、マールは秀瑛の言葉が聞こえたかのように、いつも休んでいる木の周りを歩いてみせてくれた。後ろ足を浮かせることもなく、しっかりと四肢を地面につけ、力強く歩く姿に安堵《あんど》する。

「わざわざ治ったことを知らせにきてくれたのか。私も平気だからな。気にするなよ」

包帯の巻かれた腕をマールに見せ、手を振った。

窓越しで語り合いながら、瑞龍にこのことを知らせたら、一緒に喜んでくれるだろうかなどと、性懲りもなく考えてしまい、苦笑が漏れる。

顔を見るのが恐ろしく、だけど今の出来事を知らせたいとも思うのだ。

矛盾した感情が同時に生じている。そのどちらも本心なのだから始末が悪い。

「逃げたくとも……逃げられないのだからな」

しっかりと鍵《かぎ》のかかった部屋からは出られない。そして瑞龍はきっと訪ねてくるだろう。

「困ったな」

会いたくないと思う人なのに、どこかで心待ちにしている。

「あれが悪い。瑞龍め。覚えていろよ」

人をからかい、振り回してばかりいる尊大な男の顔を思い浮かべながら、そうそう振り回されるものかと、秀瑛は気持ちを奮い立たせた。


その日の昼過ぎ、部屋で歴史書の続きを読んでいると、案の定、瑞龍が訪ねてきた。公務を済ませてやってきたらしく、手には何も持っていない。

部屋に入ってきた瑞龍にチラリと目を向け、秀瑛はすぐに書物に視線を戻した。心臓は今にも飛び出しそうなほどに暴れているが、努めて素知らぬ顔を作る。

「熱が出たようだと聞いたが」

「出ていない」

無愛想な声が出てしまうが、これはいつものことなので、瑞龍も不審に思わないようだ。これなら平常心で対処できると安堵した刹那《せつな》、いきなり瑞龍の手が頬に触れてきて、

「うぎゃっ」と声が出た。

突然のことに仰天した秀瑛だったが、瑞龍のほうも驚いた顔をしている。

「い、……いきなり触るなど、無礼ではないか……！」

どうにか声を出す秀瑛に、瑞龍はフッと笑い、「ああ、すまない」と言った。

「熱があるのか確かめようとした」

「だから熱などないと言っている」

「確かめさせろ」

身体を後ろに引いて逃げる秀瑛を、瑞龍の手が追ってきて、ヒタリと頬に当てられる。さらさらと撫でるように熱を測られ、逆に熱が上がりそうだ。

「……うん。それほど熱くはないな」

「だからないと言った！」

「お前は具合が悪くても我慢するだろう。強情っ張りだからな」

「なにを！　強情というのならお前のほうだろうが」

すぐさま食ってかかる秀瑛に、瑞龍は「元気でなによりだ」と、朗らかに笑った。

「熱がないのなら大丈夫だな。表に出よう」

「散策か？」

まだ昼過ぎの気温の高い時刻だ。ここ最近は夕涼みを兼ねて出ることが多かったので、不思議に思って聞くと、瑞龍は例の悪戯《いたずら》っぽい顔を作り、「いいや」と言った。

「城下だ。お前に町の様子を見せてやる」

あまりにも思いがけない誘いに、秀瑛は何も言えずに茫然とする。瑞龍はそんな秀瑛を見て笑い、「さあ、支度をするぞ」と言うのだ。

「俺の家臣ということで、そういう振る舞いをしてもらうことになるが」

「ちょっと待て」

「我慢してくれ。お前が壬乃国の者だと見咎《みとが》められては面倒なのでな」

「いや、そうではなくて、私を連れて城下へ……？」

「ああ、そうだ」

しっかりと頷《うなず》かれ、それでもまだ言葉の真意が摑めない。

「どうした。町を見せてやろうというのだ。喜べ」

「いやしかし、私は壬乃国の王だぞ」

「だからその身分は隠してもらう。なに、城下の者は、お前の姿を見たこともないからな、普通に俺の隣を歩いていれば、見破られまいよ」

「だからそうではなくて……！」

大きな声を出す秀瑛に、瑞龍は片眉を上げ、「何か不満があるのか？」と聞く。

「不満ではなく、おかしいだろうと言っているのだ。私は囚われの身だぞ」

「俺が許すのだから問題はない」

「そんな、城下へなど連れ出して、私が逃亡を図るとは思わないのか？」

「お前は逃げたいのか？」

逆に問われてしまい、秀瑛は言葉に詰まる。

逃亡したいなどと、今まで一度も考えなかったことに、改めて気づいたからだ。

困惑したまま黙っている秀瑛を見て、瑞龍は微かに笑い、「さあ、支度を」と急《せ》かしてきた。

わけが分からないまま、あれよあれよという間に、兎乃国の文官の衣装を着せられ、外へ連れ出された。

森へ出るいつもの道とは反対方向へと歩いていく。長い石造りの道を進み、重厚な門が開けられると、目の前に町が現れた。たくさんの建物がひしめき合い、人々が行き来している。

「堂々としていればいい。さあ、行こう」

五人の護衛を引き連れた瑞龍が、秀瑛を伴い、城下へと下りる。

「何か見てみたいものはあるか？」

「そう言われても、よく分からない」

壬乃国にいたときでさえ、城から出たことがなかったのだ。

「ではいつもの視察の行程でいくか。まずは市に行くぞ」

戸惑いを隠せないでいる秀瑛に瑞龍は笑い、「任せろ」と言って、秀瑛を先導した。

兎乃国の商売の中心となっている市は、たくさんの露店が並び、人の往来も激しかった。目の色も髪の色も皆バラバラで、様々な人種が集まっているようだ。

売り物も野菜や肉といった食物から、布に器に農具などの生活用品、装飾品、薬に家具まであり、実に種類が豊富で、皆活気ある声で道行く人を呼び止め、値段交渉をしている。

秀瑛は見るものすべてが珍しく、周りを見渡しては足を止め、見たことのない売り物を眺めた。瑞龍はそんな秀瑛を急かすことなく、一緒に露店を覗き、これは畑を耕すために使うもの、これは小麦を引く道具だと、一つ一つ丁寧に教えてくれた。

「多くのものが売られているのだな。色彩も凄まじく、目眩《めまい》が起きそうだ」

これほど多くの人間のいる場所に出向いたことのない秀瑛は、人の波に圧倒され、並べられた商品の鮮やかさに目を奪われる。

「ああ、市に活気があるうちは、国も健康なのだ。そのうち大陸中の品を集め、もっと市を大きくするぞ。兎乃国へ来れば、どんなものでも手に入ると言わせてやる」

瑞龍は快活に笑い、野菜を売る露店の前に立った。店主に今年の収穫の具合を聞き、順調であることを確かめ、励ましの声をかけている。店主のほうも兎乃国の王である瑞龍に気さくに返事をし、朝採りの葡萄《ぶどう》を持たせたりする。

隣に並ぶ秀瑛のことを誰も気に留める者もなく、行く先々で瑞龍を呼び止め、笑顔で挨拶をするのだった。

「随分と町の者に慕われているのだな」

「俺もあの者たちを慕っているのでな。おあいこだ」

そう言って笑う瑞龍の足に、小さな子どもが抱きついてきた。舌足らずな声で「瑞龍さま」と呼ぶのに、瑞龍は笑顔でその子を抱き上げる。子どもの母親がやってきて、彼女とも親しく挨拶を交わしていた。

瑞龍に抱っこされた子どもは、母親が窘《たしな》めても、下りないと駄々を捏《こ》ね、瑞龍にしがみついたまま「瑞龍さまのお妃さまになる」と、生意気な口を利いた。

「そうか、そうか。お前は美人になりそうだ。早く大きくなれ」

「急いで大きくなりますから、瑞龍さまも他に妃などを娶《めと》らないでくださいましね」

こまっしゃくれたことを言う子どもに、母親が慌てて「これ」と叱《しか》り、瑞龍が大笑いをしている。

「約束ですよ。瑞龍さま」

「うーん。約束は難しいな」

「どうしてですか？　私を妃にしてくださいませ」

子どもの強引な売り込みに、瑞龍が困ったように笑っている。

「失礼なことを言うでないよ。瑞龍様はもうお妃様が決まっているんだから。ほら、下りなさい」

「いやー！」

瑞龍から無理やり子どもを引き離そうとして母親が奮闘し、子どもはますます瑞龍にしがみつき、周りから笑い声が上がった。

ようやく子どもが下ろされると、見物人の一人が、瑞龍に「そうそう、婚礼はいつになるんでしょう」と声をかける。

「婚礼の儀では、城下でも盛大にお祝いいたしますよ」

「いや、そういうことはまだ何も決まっていない」

瑞龍の返答に、別の商人が「それではいつ決まるのですか？」と聞く。

「いつも何も、その話は……」

「でも、先日はお相手のお国へご挨拶に行かれたのでしょう？　こちらへはいつお輿入《こしい》れなさるんですかねえ」

「いやいやいや、先日の訪問はそういう主旨ではないのだ」

焦ったように瑞龍が弁明するが、人々は「たいそうお美しい方だと聞きましたよ」と冷やかしている。

瑞龍の結婚の話は、だいぶ前からまとまっているらしく、町の人々には周知の事実のようだ。お祝いをしたい彼らは、婚礼の日を心待ちにして、いつになるのだと瑞龍をせっついている。

「日取りが早くに分かれば、私どもも準備に取りかかれますから」

「いや本当に違うのだ」

瑞龍が懸命に否定をするが、人々は意に介さず、「楽しみにしていますから」と、笑顔で言い、困り果てた瑞龍は、人の輪から逃げるようにして歩き始めた。

早足で先をいく瑞龍を追いかけながら、秀瑛は、なんだ、そんな話があったのかと、少々憮然とした。

婚約者がいるなどという事実を、今まで一度として瑞龍の口から聞いていない。別に報告をしろとは言わないが、ほぼ毎日のように顔を合わせているのに、少しぐらい打ち明けてくれてもよかったではないかと、そんなことを思う。

南の国へ交易のために出かけたのだとばかり思っていたが、案外その将来の妃に会いにいくのが主要の用事だったのではと勘ぐる。

先にいく瑞龍に追いつき、隣に並んだ。瑞龍は相変わらず口元に笑みを浮かべ、機嫌のいい横顔を見せながら、市の中を闊歩《かっぽ》していた。

町人に妃のことを冷やかされ、満更ではないからそんなに機嫌がいいのかと思うと、腹が立ってきた。

婚約者を持ちながら、瑞龍は昨夜、秀瑛の背中に口づけてきたのだ。なんて不埒《ふらち》な男だ。

「……婚約者がいたのだな。知らなかった」

秀瑛が言うと、瑞龍は「そんなものはいない」と、この期に及んでしらばっくれるので、ますます苛《いら》つく。

「今までそのような素振りを見せなかったではないか」

「素振りも何も、婚約者などいないのだから見せようもないだろう」

困惑顔を作りながら、瑞龍が言い訳をしてくる。

「まあ、私に妃の話などしても仕方のないことだからな、私はただの人質だし。それはそうだ」

「秀瑛、だから違うのだ」

すっかり機嫌を悪くしてしまった秀瑛を、瑞龍が懸命に宥めてくる。

「何が違うのだ。町の者は皆お前が妃を迎えることを知っているではないか。皆の話は嘘《うそ》だというのか」

「それはまあ、……そういう話があるにはあったが」

「ほらな。結局本当なのではないか」

「いや、話があったというだけで、具体的なことは何も進んでいないのだ」

「これから進むのだろう？　同じことだ」

「そのようなつもりはない。婚約などしていないし、妃を娶るつもりもないのだ」

「そんなわけにはいかないだろう。お前はこの国の王なのだぞ。妃を娶り、世継ぎをもうけるのも王の仕事のうちだろう」

「そんなことはない。我が国の王位は世襲で決まるわけではないからな」

「そんな馬鹿な」

驚いて立ち止まると、瑞龍が「そうなのだ」と、しっかりと頷く。

「だが、兎乃国の前王、清寿王はお前の父親なのだろう？」

「ああ、そうだが、それはたまただ。父の前の代の王は、俺の祖父というわけではないからな」

「そうなのか？」

元々兎乃国は世襲制ではなく、先々代は、先代の父とは血が繋《つな》がっていない。側近の中でもっとも能力が高く、信頼を得ていた父が代を継ぎ、自分はたまたまその次の地位を継いだのだという。

「だからどうしても子をもうけなければならないということはないのだ。この国には優秀な人材がごまんといる。能力の高い者が上に就けばいい」

血に拘《こだわ》るから無駄な争いが起きるのだと、瑞龍は言う。そして自分は世襲ではなく、実力で今の地位にいるのだと、そう言って秀瑛を見下ろし、艶《あで》やかに笑った。

「誤解は解けたか？　だから俺の妃選びにお前がヤキモキすることはないのだ。安心しろ」

「っ！　な、なんで私が安心するのだ！」

「俺を信じろ」

「知らん。私には関係のないことだ」

「秀瑛、機嫌を直せ」

「機嫌など悪くない。私はいつもこんなふうだ」

賑《にぎ》やかな市の中、不機嫌な顔をしたまま早足で歩く秀瑛の横を、瑞龍が宥めながら並んでくる。どちらがこの国の王なのか分からない。

「飾り物の露店があるぞ。お前に何か買ってやろうか」

「いらぬ」

「そう言わずに、ほら見てみろ。石を磨く技術も、我が国は優れているのだぞ」

瑞龍に引き留められて渋々足を止め、露店に目を移す。宝石を散らした首飾りや指輪、銀細工の腕輪など、様々な品が並べられていた。

「これなどどうだ？」

腕輪の一つを手に取り、瑞龍が見せてくる。

「本当にいらない。私に贈り物なんかしてどうするのだ」

「そう言わずに。一つ俺に贈らせてくれ」

そう言って顔を覗き込んできた。

「な、秀瑛、せっかく城下へ出てきたのだ。買い物を楽しんだらいい。ここの品はいいぞ」

へそを曲げてしまった秀瑛の機嫌を懸命に取るような瑞龍の態度に、勝手に一人でいきり立っていたことが恥ずかしくなってくる。

世継ぎは関係ないとしても、瑞龍が妃を娶ることなど当たり前の話だ。もちろん秀瑛にはそれを咎める権利もないし、瑞龍がこんなふうに言い訳をする謂《いわ》れもない。

だいたい、兎乃国の王に対しての自分の態度も大概だ。このような不遜《ふそん》な態度を取って、打ち首にならないほうが不思議なのだ。

それでも瑞龍を目の前にすると、感情が剝《む》き出しになり、つい強い言葉をぶつけてしまう。瑞龍もまた、秀瑛のそんな態度を許し、あまつさえ機嫌を取ったりするのだからますます増長してしまうのではないか。

瑞龍が悪い。

飾り物屋の商品を睨《にら》みつけながら、結局は瑞龍のせいにしている秀瑛だ。

「ほら、これなど綺麗《きれい》だろう。金と銀とでは、お前はどちらが好みだ？」

二つの腕輪を並べ、意見を仰がれ、秀瑛は憮然とした顔のまま、「……こっち」と、銀のほうを指さした。

秀瑛が興味を示したことに、瑞龍はホッとした笑顔を見せ、今度は銀細工をかき集めて、秀瑛に選ばせてきた。

「好きだと思うものを選べ」

「私は別に……」

「なんでもいいなどとは言うなよ。吟味して、お前が気に入ったものを贈りたいのだ」

そう言われると、おざなりな選択もできなくなり、秀瑛は並べられた腕輪を真剣に見比べた。

「石が入っているのはどうだ？」

「あまり大きいのは好きではないな。でも、こんなふうにちりばめられているのは、綺麗だと思う」

「そうだな。お前に似合いそうだ」

話しているうちに、だんだん腕輪選びに夢中になってきて、石の大きさから色、細工にまで拘り始める。

「色はそう、赤よりも、こちらの碧《みどり》のほうがいい」

「そうか。こちらの色の濃いほうはどうだ？」

「あ、それもいいな、どうしようか……」

鮮やかな碧色は光を反射させてキラキラと輝いていて美しいが、もう一つの少し沈んだ色のほうは、一見黒にも見え、角度によって碧色に変わるのが面白い。

「お前の瞳《ひとみ》のようだな」

「え？」

沈んだ碧色のほうの宝石を指し、瑞龍が微笑《ほほえ》む。

「ほら、黒に見えて、光が変わると碧色が浮かぶ。お前の瞳のようではないか」

「私の瞳は漆黒だぞ？」

黒の瞳、黒の髪は壬の血の証《あかし》だ。その中に碧色が混じっているとは聞いたことがない。

「しかしお前の瞳には、時々このような色が浮かぶぞ」

「そうなのか……？」

「なんだ。自分の瞳の色だろう。鏡を見たことがないのか？」

壬乃国の秀瑛の部屋には鏡はなく、窓や水に映る自分の姿しか見たことがなかった。兎乃国に来て、鏡を覗くようになったが、自分の瞳の色は漆黒だと信じていたので、改めて確かめたことがなかったから、気づかなかったのだ。

「そうだな。あまり気をつけて見たことがなかった」

「なんだ。案外大雑把なのだな」

瑞龍が呆《あき》れたように笑い、秀瑛も笑顔を返した。

「ではこれにしようかな。私の瞳に似たほうで」

「分かった。店主、これを」

瑞龍が露天商に腕輪を求め、そのまま秀瑛の腕に着けてくれた。

自分の腕に巻かれた腕輪をじっくりと見てみる。日にあたるようになり肌色が増したといっても、秀瑛の肌はそれでもまだ白く、銀色の土台の中に漆黒に似た碧色の石が輝き、肌に映えて美しい。

「しかし、このような高価なものを……」

嬉しくもあるが、囚われの身だというのにと気後れもする。だが、瑞龍はそんな秀瑛の気持ちを払拭《ふっしょく》するように、「よく似合っている」と褒めてくれた。

「人に贈り物をされたのは初めてだ。とても嬉しい」

腕に光る装飾品を眺めながら、ごくごく小さな声で「ありがとう」と言った。

秀瑛の礼を受けた瑞龍が、「喜んでもらえてよかった」と言って、笑った。

蕩《とろ》けるような、慈しむような、それは、とてもやさしい笑顔だった。


湖の岸辺には、多くの鳥が飛来していた。南へ渡る途中にでも寄ったのか、以前にはいなかった鳥の群れが湖面を占領している。体毛は地味な灰色なのに、羽根を広げると胸の辺りが鮮やかな紅色をしていて、とても綺麗だ。

夏はとうに過ぎ、季節は秋になっていた。この国にやってきてから、もうすぐ四ヶ月になる。

秀瑛の生活はまったく変わらず、王城の離れに囚われたままだ。

瑞龍は今兎乃国にはいない。以前とは異なる国へ、交易のために出かけているのだ。

瑞龍の留守の間の毎日の散策も変わらずあり、秀瑛はこうして湖に浮かぶ鳥たちを眺めている。

ミトは最近散策には連れていない。官吏になりたいという希望に加え、具体的な目標を得たミトに、少しでも学ぶ時間を与えようという細《ささ》やかな気持ちから、秀瑛は散策のお供の任を解いたのだ。

草むらに腰かけ、湖を眺めている秀瑛のすぐ近くには、マールがいた。怪我を治してやってから徐々に距離が縮み、今は触れられるほどの近さで寛《くつろ》ぐようになっていた。

「瑞龍が戻るまであと五日だ。早く戻るといいな。あれがいないと、喧嘩《けんか》の相手がおらずに、つまらない」

側に人がいないので、安心してマールに話しかける。

秀瑛以外の者が側にいると、マールが寄ってこないので、二人いる護衛はかなり離れた場所にいて、秀瑛を見守っている。

逃げるつもりなど毛頭ない秀瑛だが、それにしても、この待遇は希有《けう》なことだと思う。どうしてだとか、いつまでだとか、不安も疑問もたくさんあるが、瑞龍が何も言えないというのだから、秀瑛も何も聞かずに今の生活に甘んじていた。

腕に巻かれた銀色の腕輪を眺め、瑞龍のことを考える。

今回のように国を留守にすることでもなければ、相変わらずほぼ毎日、彼は離れの部屋を訪れていた。

瑞龍が否定していた妃を迎えるという話も、あれ以来話題に出ない。瑞龍の言うことが本当なのか、それとも町の人々の声が真実なのか、それも分からない。

分からないことだらけのまま、こうして日々だけが過ぎていくのだ。

湖面の上で団子になって集まっていた鳥たちが一斉に飛び立ち、秀瑛は鳥の胸を染めている紅色を見上げた。すぐ側で寝そべっていたマールが突然立ち上がり、森のほうへと走っていく。

鳥を狙《ねら》うのなら飛び立つ前に行けばよいのにと、走り去っていくマールの姿を目で追っていると、突然背後から「秀瑛王」と、護衛に声をかけられた。

彼がやってきたために、マールが逃げたのだと気がつくが、それにしても気配がまったくないまますぐ近くまで来ていたことに、秀瑛は驚いた。

「そろそろお部屋に戻られる時刻でございます」

「そうか」

秋になり、日の入りは早くなる一方だ。秀瑛は立ち上がり、離れに向かって歩き出す後ろを、護衛が静々と追ってくる。

「……わたくしは、壬乃国前王であらせられます新條王より、秀瑛王への使者として参りました、桂心《けいしん》と申します」

驚いて振り返ると、桂心と名乗った男が顔を上げた。長身の痩《や》せた男が秀瑛を見つめている。頬が尖《とが》っており、薄い唇と切れ長の細い目をしていて、瞳の色は黒だが、髪は灰色だった。

立ち止まった秀瑛に、桂心は「そのままお進みください」と言い、再び歩き始めた秀瑛の背後についていきながら、言葉を続けた。

「壬の疑いを回避するため、髪の色を変え、この国に潜伏しておりました。三月ほど前から王城に入り、先日より秀瑛王の護衛として配属されることとなり、こうしてお声をかける機会を得ることができたのです」

「そうか。ご苦労であった。それでは父は無事なのだな」

「はい。以前より密約を交わしていたある国へ入り、王族も皆、ご無事です。前王も、秀瑛王のご無事を知り、大変喜ばれておいでです」

「そうか……」

その声を聞き、秀瑛はホッと胸を撫で下ろした。父はやはり秀瑛の身を案じてくれていたのだ。

「して、私のもとにこのような危険を冒してまで近づいた真意は？　壬乃国の再建の目処《めど》が立ったというのか」

秀瑛の無事を聞きつけ、奪還しようと使者を送ってきたのだろうか。そうなると、この先はどうなるのだろう。

「あなた様に前王よりご伝言がございます」

「うむ。聞こう」

秀瑛の背後に仕える桂心が、一呼吸置き、そして言った。

——瑞龍王の暗殺を命ずる。

一瞬、周りの音が消え、目の前が白むような錯覚を覚える。足の力が抜け、思わず一歩後ろに引き下がり、秀瑛はかろうじて踏みとどまった。

「秀瑛王の滞在されている部屋の寝台の板の下に、道具を忍ばせてあります。瑞龍王は頻繁に秀瑛王をお訪ねになるゆえ、機会はいくらでも得られるでしょう」

どのような手段を使ったのか、桂心はあの離れの部屋に忍び込み、瑞龍暗殺のための仕込みをすでに終わらせているのだ。

「しかし、そう易々《やすやす》とは……」

「瑞龍王はあなた様に心酔しています。これができるのは、秀瑛王、あなた様だけです」

瑞龍を油断させ、殺してしまえと言う。壬乃国のために、それが正義なのだからと、桂心が畳みかける。

「暗殺を遂行されたあとの処置はお任せください。脱出の手引きをいたします。わたくしは、いつでも秀瑛王のお側にて見守っておりますゆえ」

何も言えずに棒立ちしている秀瑛に、桂心は低く、鋭い声で「お覚悟をお持ちください」と囁《ささや》いた。

「壬乃国の再建は、あなた様の手に委《ゆだ》ねられています。この国に我々がされた仕打ちを、どうかお忘れなきように。秀瑛王、あなた様は壬乃国の王なのです。あなた様のお力で、わたくしどもに故郷を返してください」

立ち止まったままでいる秀瑛に、「お進みください」と桂心が促し、秀瑛は茫然としながら再び足を踏み出す。

頭上を渡り鳥たちが飛んでいた。紅色の羽毛が夕陽に染められ、ますます鮮やかな色を映し、……まるで血の色のようだと、秀瑛は思った。


散策を終え、秀瑛は離れの部屋に戻ってきた。

出迎えてくれたミトが茶の用意をしてくれ、また少ししたら夕餉をお持ちしますと言い残し、部屋を出ていく。

部屋で一人になると、秀瑛は寝台に近づき、台に被《かぶ》せてある敷布を除《の》けた。剝き出しになった板を用心深く観察する。目を凝らさなければ分からないほどの、微妙に色が変わっている部分があり、爪を立てて板を引き上げる。板が外れ、空洞ができたその中には、何かを包んである布が入っていた。

毎日身体を横たえていた場所だというのに、まるで気づかなかった。いったいいつからこのような細工が施されていたのだろう。

布を手に取り、開いていくと、中から剣と小さく畳まれた紙片が出てきた。

「これは……」

鞘《さや》の部分に豪華な装飾が施された剣は、秀瑛は戴冠の儀を終えたときに、前王の父から賜った宝剣だった。

城を落とされ、秀瑛が囚われたときに取り上げられた宝剣が、ここにある。

「どうやってこれを、……すり替えたのか？」

剣と一緒に入っていた紙片には、粉のようなものが包《くる》まれていた。……おそらくは毒薬だろう。

これらを使って、瑞龍を殺せという指示なのだ。

あの桂心という男は、潜伏と工作が得意な者のようだ。背後に近づかれたときも、まったく気配を感じなかった。

取り出したものを手にしたまま放心していると、突然窓にコン、と何かがぶつかる音がして、秀瑛はビクリと身体を震わせた。

慌てて窓に駆け寄るが、誰の姿もない。そして窓の木枠に、小さな紙が挟まっていた。

手に取って開いて見るが、何も書いていなかった。ただこの紙は、今し方寝台の下から取り出したものと同じ材質のものだ。

「……いつでも見ているということか」

この白紙は、秀瑛の動向を監視しているという伝言だ。

この国の王を暗殺せよと、無言の圧力を秀瑛にかけている。

壬乃国がされた仕打ちを忘れるなと、桂心は言った。

兎乃国の王、――瑞龍のせいで、故郷が奪われたのだと、だからあの男を殺し、壬乃国を奪い返すのだと。

秀瑛が瑞龍を殺せば、兎乃国は一旦恐慌に陥ることになるだろう。その騒ぎに乗じて、攻め入るつもりなのだ。

父はそれを望んでいる。そして壬乃国の未来を秀瑛の働きに託し、秀瑛の帰還を、他国で待っている。

別れのあの日、秀瑛の手を取り、涙を流していた父の顔を思い出す。自分の無事を聞いて喜んでくれたという言葉に、秀瑛は救われた。

父のために、壬のために、故郷を取り戻したいという気持ちは強い。

……だが。

「本当に、それでいいのだろうか」

兎乃国が壬乃国を襲い、奪ったのは事実だが、それ以外の事柄が、秀瑛の中でどうにも符合しないのだ。瑞龍の話によれば、先に国を奪ったのは秀瑛たち壬のほうだ。彼らは自分たちの祖国を取り戻したに過ぎない。

それに兎人は低能でも怠け者でもなかった。あの草も生えないような荒れ地を、緑豊かな森へと開拓するのは、生半可な努力では為《な》し得ないことだ。活気ある市の様子。城下の民も皆勤勉で、愛情深い。

自分が教えられてきたこととは悉《ことごと》く違い、その違いを、秀瑛はこの目で見、この耳で聞いた。

――秀瑛王、あなた様は壬乃国の王なのです。あなた様のお力で、わたくしどもに故郷を返してください。

ここに連れてこられた当初の秀瑛なら、桂心の言葉に疑うことなく深く頷き、暗殺の命に喜んで従っただろう。

しかし今は、迷いが生じている。

「私が望んでいた天命は、このようなことなのか……」

命は厭《いと》わない。身を捧げる覚悟も常に持っていた。しかし今秀瑛に下された命は、果たして正義なのか。

正義とはいったい……なんなのだろう。

考えても答えは見つからない。

瑞龍の帰還は五日後だ。

それまでに秀瑛は、答えを出さなければならないのだ。


悶々《もんもん》としたまま日々が過ぎ、瑞龍の帰国の日がやってきた。

その間にも、毎日の散策の日課は続き、そのたびに桂心が秀瑛に近づき、あれこれと囁いてきた。

父の潜伏先では、父、前王を中心とした壬乃国再建の準備を着々と進めている。ここ数年で勢力を拡大させた兎乃国に対する近隣の国々の憂いは深く、皆壬乃国のように自国を奪われるのではないかと恐れ、父たちを匿《かくま》っている国でも、兎乃国討伐の声が日に日に高まっているという。

ここでも瑞龍の語ることとの矛盾に行き当たる。瑞龍は剣を持たずに他国と繋がろうと各国を巡っているのではないのか。

しかし桂心は、それこそが兎乃国の作戦だというのだ。

甘言で相手を油断させ、各国に密偵を放ち、情報を得ながら内側から切り崩すのが彼らのやり方で、現に壬乃国が攻略されたときにも、領地に住む兎人をいつの間にか扇動し、反旗を翻させた。それが兎乃国のいつもの手なのだと、桂心が語る。

「騙《だま》されてはいけません。兎人は相手を攻略するためなら、どんな汚い手でも使うのです。彼らの残忍な手口に、人々がどれほど苦しみ、恨んでいることか」

瑞龍の非道な戦略ぶりを語り、秀瑛の憎しみを煽《あお》る。

「あなた様の存在は、天が与えたまさに好機」

秀瑛が王城の離れに連れてこられたことは、壬にとってこれ以上ない幸運だった。この機会を逃す手はないと、桂心が言った。

「しかし瑞龍の剣の腕は凄まじいのだぞ。私の剣があの者に届くとは思えない」

「あの男はあなた様に邪《よこしま》な思いを抱いているのでしょう。それを利用するのです」

「そんなことはない」

否定する秀瑛に、桂心は唇の端を引き上げた。

「処刑もせずに自分の手元にあなた様を置いているのが、何よりの証拠ではありませんか。その腕輪も、やつからの贈り物なのでしょう」

秀瑛の腕に光る装飾品を示しながら、桂心が囁く。

「今以上にやつに取り入り、骨抜きにしてしまいなさい。閨《ねや》にでも引き込めば、あの男も無防備になるでしょう」

「そのような……！」

なんということを言うのだと目を見開く秀瑛に、桂心は表情を変えずに秀瑛を見つめ、言葉を続けた。

「やつを油断させ、一気に首を掻《か》き切るのです」

酷薄な表情を浮かべながら、桂心はいつも最後には「前王があなた様の働きに期待しておいでですよ」と言い残すのだった。

離れで一人、今までの桂心とのやり取りを思い浮かべながら、秀瑛は深い溜息をつく。

「瑞龍が私に、邪な思いなど……そんな」

確かに処刑もせず、収監もせずに、王城の離れに住まわせる行為に、ずっと違和感を持っていた。瑞龍の態度は敵に対するものではないと、秀瑛も感じる。

不思議に思いながら、秀瑛もこの状況に甘んじていた。あの男の懐の深さにつけいり、自分のほうこそ瑞龍に甘え、大概な態度を取っていたのも事実だ。

囚われの身でありながら、ここでの生活に満足し、心地好ささえ感じている。

「あれを裏切れというのか……」

そんなことはできないと思う側で、桂心の言葉が聞こえてくるのだ。

お前は壬乃国の王ではないかと。

あの美しい故郷に、自分たちをどうか帰してくれと。

どうすればいいのか答えの出ないまま、ぼんやりとしていると、扉が開かれ、瑞龍が姿を現した。

「秀瑛、戻ったぞ」

久し振りの声を聞き、秀瑛は何も言えないまま、部屋に入ってくる瑞龍を見つめた。

出国前と変わらない、艶やかな笑みを浮かべた瑞龍が「変わりはなかったか」と聞いてくる。

離れていた期間はたったの十日だったのに、ひどく懐かしい。顔が見られたことを嬉しく思い、同時にとうとう帰ってきてしまったかという思いも湧いた。

瑞龍が戻れば、決断しなければならない。

複雑な思いを抱く秀瑛を見つめ、瑞龍の笑顔が消えた。

「どうしたのだ。何かあったか？」

秀瑛の屈託をすぐさま感じ取ったらしい瑞龍がそう聞いてきた。

「いいや、何も。今回の旅はどうだったのだ？」

笑顔を作ろうとするのに、どうにも顔が強張《こわば》ってしまい、瑞龍がますます訝《いぶか》しがる。

「秀瑛、何があった？　俺の留守の間に異変があったのか？」

穏やかな声は、問い詰めるものではなく、秀瑛のことを案じて発せられている。

瑞龍のやさしい声音に、いっそすべて打ち明けてしまいたい衝動に駆られ、ようやくのところで踏みとどまった。

胸に抱える屈託は、安易に口に出していい事柄ではなく、まして瑞龍には一番知られてはならないことだった。

これを口にすれば、直ちに事態が動き、壬乃国は今度こそ滅んでしまうだろう。

他国に匿われている父も、他の王族たちも、桂心も、すべての壬の身を危うくしてしまうのだ。

壬乃国の王である自分が、己の感情に流されてはならない。

「秀瑛、どうした。話してみろ」

深い碧色の瞳が秀瑛を捉《とら》え、大きな手が秀瑛の両肩に置かれた。

「本当になんでもないのだ。突然入ってきたから、驚いただけだ」

「そうか……？」

疑わしげな顔で目の奥を覗いてこられ、秀瑛は逃げるように視線を逸《そ》らした。

「逃げるな」

「逃げていない」

即答する秀瑛に、瑞龍はようやく笑い、それでも秀瑛と無理やり目を合わそうとする。

「憂いがあるなら言ってみろ」

「憂いなどない」

「嘘だな」

そう断言した瑞龍が、すっとその場から離れた。扉のほうへ向かい、「しばらく外で待つように」と言った。

帳《とばり》の陰にいる護衛に向けて、瑞龍が人払いを命じたのだ。

「ほんの一時だ。憂慮はない」

瑞龍の命にしばらく躊躇《ちゅうちょ》していた護衛が、部屋から出ていった。

「さあ、俺以外の耳はなくなったぞ。心配事を打ち明けてみろ」

聡《さと》い瑞龍は、秀瑛のいつもと違う様子に、ただごとではないと即座に察知したのだ。

豪快で自分勝手なようでいて、人の機微に誰よりも敏感な瑞龍だ。

これほど有能な人物を秀瑛は知らない。そんな男を騙し、暗殺するなど、到底できそうにないと思った。

「俺の留守の間に何があった？」

だが、それでも真実を打ち明けることはできないのだ。

父を、壬の民を、裏切ることなどできない。

いっそのこと、このまま瑞龍に斬《き》りかかり、返り討ちに遭ってしまいたい。そうすれば、誰を裏切ることなくこの世からいなくなれる。

「瑞龍……、私は……」

しかしそれを実行しようにも、秀瑛の手に今剣はない。寝台の下に隠された暗殺の道具を、秀瑛は布に包み直し、同じ場所に再び隠したのだ。

桂心が言っていたように、今日それを実行しなくても、機会はまたすぐに訪れる。ほんの刹那さえあればいい。

部屋で読書をしているときでも、散策に出かけているときでも、秀瑛が斬りかかれば、瑞龍は即座に秀瑛の剣を払い、自分に留《とど》めを刺してくれるだろう。

死は厭わない。それが天命ならば潔く受け入れる覚悟はある。

ただ、悲しい。

秀瑛が剣を向ければ、瑞龍はきっと秀瑛に幻滅する。この男に幻滅されたまま消えていくのだけが、心残りだと思った。

「秀瑛……」

碧《あお》い瞳が気遣わしげに揺れている。秀瑛の憂いを映すように、精悍《せいかん》な顔が苦しそうに歪《ゆが》み、秀瑛の名を呼んだ。

「そんな顔をするな、秀瑛。些細《ささい》なことでもいい。言ってくれ」

心底心配する素振りを見せられ、胸が苦しくなった。瑞龍がどうしても聞き出そうと、秀瑛の肩を抱いた手で、わずかに揺すぶる。

「何も……ない」

「秀瑛」

頑なに明かそうとしない秀瑛に焦《じ》れたように、肩に置いている手の力が強まる。

「本当になんでもない。それよりも交易の交渉はどうだったのだ？　上手くいったのか？」

話題を変え、はぐらかしながら肩に置かれた手から逃れようと身体を引くが、逆に引き寄せられる。

「……瑞龍、手を離せ」

「いつもとまるで様子が違う。隠し事をするな。すべて俺に打ち明けろ」

眉を険しく寄せながら、瑞龍が怒った声を出す。

「どうして言ってくれない」

「だから、何もないと言っている。しつこいぞ。離せ」

「お前が嘘をつくからだ」

どう言っても納得しない瑞龍に、次第に苛立ってくる。言えるはずもないのに、全部打ち明けろと強要する。どうしても言えない苦悩を理解せず、自分の思いどおりにしようと迫るのだ。

「お前こそ私に説明できないことが山ほどあるではないか。私にはそれを我慢させ、自分は許さないというのか！」

苛立ちが高じて声を荒らげる秀瑛を、瑞龍が見下ろした。

「私は壬乃国の王で、お前とは敵同士だ。そんな命令に従う謂れはない」

「秀瑛、それは本心ではないだろう」

「いいや、本心だ。お前は敵国の王を捕らえ、ここに監禁し、自分の自由に扱ってもいいと思っているのだろう」

「そんなことはない」

「そうなのだ。だから私にすべてを明け渡せ、秘密を持つなと強要する」

「違う、秀瑛、俺は」

「思いどおりにならないのが面白くないのだろう。人質のくせに命に背くなと言っているではないか。結局は奴隷と同じ扱いをする」

瑞龍の瞳がカッと見開かれ、打たれると思った。どうなろうとかまわないと、秀瑛も目を逸らさずに目の前の男を睨み上げる。

突然、グイと引き寄せられ、瑞龍の顔が近づいた。抵抗する間もなく唇を奪われる。

「ふ……っ、ぅ」

強く吸われて息ができなくなる。胸を強く押し逃れようとするが、逆に強い力で抱きしめられてしまった。

分厚い舌が秀瑛の口内に滑り込み、中を掻き回された。瑞龍の息は荒く、熱い。

「あ、……っ、ぅ、んん、ぅ」

首を振ろうとしても許されず、さらに深く侵略された。

左腕で秀瑛の身体を包み、右腕で頭を摑んでくる。無理やり上向かされ、唇が一時離れた隙に慌てて息を継ぐと、すぐさま瑞龍が横から被さってきた。

舌を吸われて外へ連れ出される。瑞龍の中に引き入れられ、乱暴に啜《すす》られた。

「ん、……く、ぁ、……っ、ふ、ふ」

嵐《あらし》のような口づけに息を継ぐのが精一杯で、拒否も逃亡もできない。瑞龍の着物の襟を強く握り、されるがまま奪われ続けた。

「ん、……ん、……ぁ、ふ、……ぅん」

長い時間舐《ねぶ》られ続け、抗《あらが》う気持ちも失った頃、ようやく解放される。いつの間にかきつく閉じていた目を開けると、焔立《ほむらた》つような瑞龍の碧い瞳とぶつかった。

「秀瑛、俺はお前を奴隷と思ったことなど一度もない。お前もそれを知っているだろう」

碧い瞳が秀瑛を覗き込んでくる。唇は離れたが、すぐにもまた重なりそうな近い距離で、瑞龍が呟く。息が熱く、今さっき合わさっていた瑞龍の体温を思い出させる。

「思っていないからこそ、屈託があるなら打ち明けてくれと言っているのだ。……お前が心配なのだ」

吐息のような声を漏らしながら、瑞龍が再び唇を重ねてくる。

「ん……」

先ほどの激しい行為とは違い、あやすような仕草で秀瑛の唇を撫でている。口づけをしながら瑞龍の瞳が開き、それが細まった。

「俺の思いが分からないのか……？」

蕩けるような甘い声で、瑞龍が囁く。柔らかく食《は》まれ、瑞龍の顔が倒れていく。横からまた合わさり、チロチロと舌で撫でられる。

蠢《うごめ》く舌に恍惚《こうこつ》となり、目を閉じると、重ねられた唇がふ、と微笑む気配がした。

頭に添えられている掌《てのひら》が、愛《いと》おしむように秀瑛の髪を撫でている。

瑞龍の唇と掌による愛撫《あいぶ》を受け、秀瑛はうっとりとそれを受け入れていた。

ずっと前からこれを欲していたような気がする。望んだものを与えられた満足感に浸りながら、すべてを委ねてしまいたい心持ちに陥った。

——やつに取り入り、骨抜きにしてしまいなさい。

突然桂心の声が蘇《よみがえ》り、秀瑛はできる限りの力で瑞龍を突き飛ばした。

秀瑛のいきなりの拒絶に、瑞龍は驚いたように目を見開いている。

「……私に触れるな」

声が震え、足下が覚束《おぼつか》ない。崩れ落ちそうになる身体をなんとか奮い立たせ、目の前で棒立ちしている男を見上げた。

「お前の思いなど……どうでもよい」

絞り出すような声で言い放つと、瑞龍は眉を寄せ、唇をきつく閉じた。

傷ついたようなその表情に、秀瑛の胸が抉れるように痛む。

だが、これ以外言うべき言葉が、秀瑛には見つからなかった。


瑞龍に唇を奪われた日から、三日が経った。

あれ以来瑞龍は、離れにやってはこない。外遊後は溜まった公務を片付けるのに忙しく、顔を出せないこともあるのだろうが、今回はそれが理由ではないのだろう。

それでも秀瑛はここから追い出されることもなく、食事も毎回きちんと運ばれ、護衛を連れて森に出かける日課も変わらず行われた。

瑞龍が不在だったときと同じ生活を、淡々と続けている。

「秀瑛王」

今日も湖の畔《ほとり》で一人佇《たたず》んでいる秀瑛に、桂心が声をかけてきた。

「首尾は如何様《いかよう》に」

「それほど易々と行動に移せるはずがない」

「王の者たちが、皆あなた様の働きをお待ちしているのです。覚悟をお決めください」

瑞龍が戻ってきてから毎日繰り返される会話に、秀瑛の心は日に日に憔悴《しょうすい》していく。

決心は未だにつかない。

失敗を承知で実行に移せばいいのか、それともいっそすべてを打ち明け、潔く罰せられればいいのか。

選択肢はないように思う。瑞龍を襲えば、おそらくはすぐさま捕らえられ、極刑に処されるだろう。秀瑛自らの考えだという主張を貫けば、父や他の壬の者たちに疑いをかけられることなく、自分の一人の犠牲で済むのだから、それが一番いい方法だ。

だが、生半可な思いで剣を向ければ、瑞龍はすぐに秀瑛の迷いを見破るだろう。秀瑛が討たれるには、本気で瑞龍の命を狙いにいかなくてはならない。

果たしてそれが自分にできるだろうか。

第一、瑞龍を討つ決心をしても、もうあの男と会う機会は訪れないかもしれないのだ。

あの日、自分は酷《ひど》い形で瑞龍を拒絶した。あのときの傷ついた顔を思い出すと、心が軋《きし》むように痛む。

あれ以来瑞龍は、秀瑛に会いにはこない。きっと頑なな自分に呆れ、憤り、……見限ったのだろう。

「秀瑛王、……まさかあの男に心を奪われているのではありますまいな」

桂心の探るような声に、即座に「それはない」と答える。

「あなた様の御身は、壬の民のためにあるのです」

「裏切りは許されませんぞ」

「分かっている」

裏切ることなど考えていない。壬の民のためにあれと、ずっと言われ続けて生きてきた。しかし、自分が護《まも》るべきその民とは、いったい誰のことを指しているのか。

漆黒と信じていた自分の瞳の色さえ違っていた。信じたくとも、信じるための拠《よ》り所《どころ》がどこにも見つからないのだ。

忠誠の心は失えず、それなのに疑心も拭《ぬぐ》えない。

真実はいったいどちらにあるのだろう。

「躊躇する暇はもはやありません。秀瑛王、是非とも近いうちに」

風は日に日に冷たさを増し、秀瑛の心も凍えていく。

助けがほしい。

腕につけた銀の腕輪に無意識に手をやる。

力強い抱擁と、熱い唇。あのときの感触が蘇り、秀瑛は両腕を自分の身体に回し、守るように抱きしめた。

その日の夜、夕餉を済ませた秀瑛は、離れの部屋で一人読書をしていた。

食欲が以前よりも落ちてしまい、夜もよく眠れず、ミトも心配している。お茶や菓子などを頻繁に運び、元気のない秀瑛を気遣っているようだ。

書物に集中できず、秀瑛は窓際に立った。マールは今日も訪ねてきていないようで、ここ数日はまったく姿を見ていなかった。

マールが姿を現さなくなったのは、そういえば桂心が接触してきた頃からだと、今になって気がつく。幻といわれていた獣は、秀瑛にとっても幻となってしまった。

それでも夜には姿を見せてはくれないかと、わずかな月明かりに目を凝らして外を眺めている背後で、扉の開く音がした。

振り返ると、瑞龍が立っている。

スタスタと卓子の前までやってきて、ドッカリと腰を下ろす。一緒に入ってきたお付きの者が、酒瓶と盃の載った盆を置き、出ていった。帳の奥には誰も残らず、初めから人払いをしていたようだ。

「お前も付き合え」

瑞龍はそう言って二つの盃に酒を注《つ》ぎ、気だるそうな仕草で秀瑛を手招きする。どうやらすでに酩酊《めいてい》しているらしい。

窓辺から動かずにいる秀瑛を一目睨み、瑞龍は盃をグイと呷《あお》った。

「俺の勧める盃は受け取れないか」

「随分な絡み酒だな」

瑞龍が声を上げて笑い、再び盃に酒を満たしている。

「今日は王城で宴会があった。新たな交易の道が開けた祝いの席だ」

「そうか」

「話す気になったか？」

二杯目の酒を口に運びながら、瑞龍が秀瑛を見つめる。

「なんのことだ？」

とぼける秀瑛に、瑞龍が「まったくお前は」と、大きな溜息をついた。

「少しは懐いてくれたかと思えば、またすぐに爪を立てる。マールのほうがよほど可愛げがあるな。少しは見習ったらどうなのだ」

「なんだそれは。懐くとはなんだ。失礼なことを言うな」

「相変わらず間髪を容《い》れぬ反撃ぶりだな」

瑞龍が身体を揺らして笑う。

あれほどきつい拒絶を受けたのに、瑞龍は忘れたように笑顔を向けてくる。寛容なのか、馬鹿なのか。懲りない男だ。

だがあの日以来顔も見せてくれなかった瑞龍が訪ねてきたことを、嬉しく思っている自分がいた。瑞龍も気まずい思いを抱えているはずなのに、酒の力を借りてここへやってきたのかと思うと、なんとなく頬が緩んでしまう。

「……お前のこれからのことは、俺もなんとかしようと画策しているのだ」

盃に視線を落とした瑞龍が、ゆっくりとした口調で、「いずれ解放してやろうと思っている」と言った。

「解放……？」

思いがけない言葉に、秀瑛が聞き返すと、瑞龍は顔を上げ「そうだ」と頷いた。

「今のところ、他の者たちの賛同を得られず、難儀しているが」

「ちょっと待て」

「だがいずれきっと、自由な暮らしができるよう、手助けしてやる」

「瑞龍、正気なのか。私を自由にするなど、そんなことができるはずがないではないか」

「だから今、懸命に道を探っているのだ」

瑞龍がそんなことを画策していたとは、まるで思っていなかった。

「……そんなことがまかり通るはずがない」

「俺がやると言ったら是が非でもやり遂げる。だからお前は安心して、ここでその日を待っていればいい」

「馬鹿を言うな。私は敵国の王だぞ。お前だって壬の血を根絶やしにしてやると言っていたではないか」

「気が変わった」

瑞龍は事もなげに言い、秀瑛に笑顔を向けた。

「何も確約できないまま、お前に話すのは時期尚早と考え、黙っていた。どうだ。俺はすべてを打ち明けたぞ」

そう言って笑い、「さあ、お前も飲め」と、盃を差し出す。

「事態は難航していてな、周りの承認をなかなか得られないのだ」

「当たり前だ。私が重臣だったら、殴ってでも翻意させるぞ」

「俺の気持ちは変わらない」

瑞龍が真っ直《す》ぐに秀瑛を見据えた。

「お前は聡く、勇敢だ。偏った知識を植えつけられ、道を誤った。だがそれはお前のせいではない。新たに自分で生きる道を見つければいい。ここにいればそれができる。俺はお前の手助けがしたいのだ」

真摯《しんし》な瞳が秀瑛を捉え、「俺の手を取れ」と言う。

「お前が望むなら、俺の側で働く手立てをしてやる。共に兎乃国を発展させてはみないか」

「そんなこと……」

「共に他国に赴き、その目でしっかりと世界を見ればいい。そして己の見たもの、聞いたもの、感じたものを活かし、さらに広げる術を見いだすのだ。お前のその強さと聡さを、自分のために使え」

敵国の王の身柄を囲い、処刑も拷問もせずに、自分の下に就けという。世界を回り、手を取って共に生きていこうと誘うのだ。

「秀瑛、世界は広いぞ」

なんという懐の深さなのだろう。

秀瑛には何が真実なのか未だに分からない。だが、今目の前にいる男の言葉が嘘ではないことだけは理解できた。

そして秀瑛に真実を見る機会を与えようとしている。お仕着せの知識ではなく、己で経験を積み、真実を見いだせと言ってくれる。

「瑞龍、私は……」

望んでもいいのか。

いつしか瑞龍に聞いた、象という大きな動物の背に二人で乗り、語り合う風景を、見果てぬ夢として諦めなくてもいいというのか。

胸の中に一筋の光が射す。

豪胆で己の信念をなんとしても貫く瑞龍だ。彼を信じていれば、いずれ夢が叶《かな》う。

窓辺から一歩歩み寄る。瑞龍は笑顔のまま秀瑛がやってくるのを待っていた。

「瑞龍」

腕を伸ばし、瑞龍の手を取ろうとした。受け取ろうと差し出しかけた瑞龍の腕が、突然力を失った。ゴトリと音を立て、瑞龍が卓子の上に突っ伏した。

「瑞龍？　どうしたのだ……！」

急いで駆け寄り、卓に臥《ふ》したままの瑞龍の肩に触れた。瑞龍は目を閉じ、揺さぶっても目を覚ます気配がない。

「……秀瑛王。さあ、今こそ留めを刺すのです」

帳の向こうから声が聞こえ、桂心が姿を現した。人払いをしたはずなのに、いつの間にか部屋へ入り込んでいたのだ。

「瑞龍に何をした！　……毒を盛ったのか？」

いきり立つ秀瑛の前に桂心が音もなく忍び寄る。滑るように目の前までやってきたと思うと、秀瑛に剣を押しつけた。

「酒に眠り薬を仕込んでおいたのです。さあ、これでやつの首を」

「なぜお前がこれを持っている。宝剣は寝台の下に仕舞っていたはずだ」

「今はそんなことを説明しているときではありません。さあ秀瑛王」

驚いている秀瑛に、桂心が「早く留めを」と迫ってくる。

「喉《のど》を裂いたらそのまま森へ隠れているように。そして迎えがくるまで待つのです。このあとの処理は、わたくしにお任せください」

見咎められる前に早く留めを刺せと、桂心が剣の鞘を抜いて秀瑛に持たせようとした。

「駄目だ。そんなことをしてもすぐに捕まる」

「まずは瑞龍を殺すのが先です、秀瑛王！」

押しつけられた剣を押し戻し、昏倒《こんとう》している瑞龍に駆け寄ろうとする腕を取られた。

「本当に我々を裏切るおつもりか。どうしてもできないのなら、わたくしがやります」

「やめろっ！」

業を煮やした桂心が、自ら留めを刺そうと宝剣を振りかぶり、秀瑛は咄嗟にその腕を掴んだ。

「裏切るばかりか邪魔をするおつもりか」

「こんなことをしてもどうにもならない。父のもとへ戻り、暗殺など無意味だと伝えてくれ」

「今更できるわけがない。手を離せ！」

瑞龍に斬りかかろうとする桂心と、宝剣を奪おうとする秀瑛とで揉《も》み合いになる。

「この男を殺さねばならぬのだ。邪魔をするな」

「させない。お前たちは間違っている。諦めて立ち去れ」

「うるさいっ！」

桂心の力は強く、だが秀瑛も負けてはいなかった。桂心の手首を捻《ひね》り上げ、手刀を打つと、桂心が剣を床に落とした。

宝剣を失った桂心は、次には腰に差してある自分の剣を抜き、秀瑛に向けて構え直す。

「邪魔をするな」と叫び、斬りかかってくるのを咄嗟に躱《かわ》し、秀瑛は床に落ちた宝剣を手に取った。

「なぜこの男を討たない」

「意味がないからだ。桂心、やめるのだ。今すぐこの場から立ち去り、国からも出ていけ」

「黙れ。この……裏切り者が」

そのとき、カタリと音がして、離れの扉が開いた。

ハッとしてそちらに目をやると、盆を持ったミトが入ってくるところだった。

「瑞龍様に命じられ、お夜食をお持ちしました……」

帳を抜けてやってきたミトが顔を上げ、目を見開く。

「秀瑛様、何をなさって……、ああ、瑞龍様が！　あああああ」

ミトが悲鳴を上げ、持っていた盆を落とした。

「瑞龍様が秀瑛に襲われたぞ！　誰か！」

桂心が叫び声を上げ、秀瑛は愕然《がくぜん》とする。

ミトの悲鳴と桂心の「誰か」という呼び声の向こうから、大勢の足音が近づいてきた。

「桂心、お前……」

「おのれ、王の暗殺を企てるとは！」

剣を振りかざした桂心が秀瑛に斬りかかってくる。

茫然としながらも、秀瑛の身体は咄嗟に動き、振り下ろされる刃《やいば》を剣で受けとめていた。


森の奥、月明かりも届かない木々の陰に、秀瑛は蹲《うずくま》っていた。

遠く、近く、ひっきりなしに大勢の足音が聞こえている。

桂心とのつばぜり合いの果て、秀瑛は一瞬の隙を衝《つ》き、開いたままの扉から飛び出してきたのだった。

木の陰に身を隠しながら、秀瑛はこれまでのことを考えていた。

ミトに見咎められた瞬間の、あの桂心の変わり身の早さに、驚くと同時に、ある疑惑が湧いてくる。

「一つが失敗しても次へと、いくつもの手を考えていたわけか」

酒に眠り薬を仕込んだのも、あわよくば秀瑛をも昏倒させ、その上で二人とも殺そうと目論《もくろ》んだのではと邪推する。そうすれば、瑞龍の暗殺と、秀瑛の口封じが同時にできる。

そして暗殺が失敗したとみるや、秀瑛にその罪を着せ、斬りかかってきた。既《すんで》のところで逃げおおせたが、あれは秀瑛をわざと逃がしたのではないかと思うのだ。桂心が声を上げてから、護衛がやってくるまでに時がかかりすぎている。なんらかの手を使い、彼らを事前に離れから遠ざけていたのかもしれない。

そうしておいて、桂心はわざと秀瑛が逃げられるように隙を作ったのだ。なぜならあの場で秀瑛が捕まれば、桂心自身の立場も危うくなるからだ。

そして秀瑛はまんまとそれに乗せられ、今森の中で身を隠す羽目になっている。

「あの場で捕まってしまえばよかったか……」

このままここから逃げおおせられるとは到底思えない。見つかれば直ちに極刑だろう。

ただ一つの救いは、瑞龍が生きているということだ。桂心は己の保身のために、毒を盛ることはしなかった。

壬の素性を隠し、兎乃国の王城へ入り込み、離れの部屋にも容易に忍び込む術を持っている桂心だ。その上酒瓶に眠り薬を仕込み、瑞龍をいとも簡単に昏倒させた。

それほどの手管を持っていれば、秀瑛が手を下さなくとも、桂心自身の手で暗殺は遂行できたのではないかと思うのだ。

桂心は自分が疑われることがないように、あくまで秀瑛に瑞龍を殺させようと画策したのだろう。

「まんまと踊らされた」

己の浅はかさに歯噛《はが》みをする。桂心の作為どおり、秀瑛は瑞龍暗殺の罪を着せられてしまった。今秀瑛が姿を現して真実を告げたところで、信じる者など誰一人いない。

「瑞龍も私が命を狙ったと思うだろうか」

昏倒する直前、秀瑛は瑞龍の手を取ろうとし、瑞龍も受け取ろうと腕を伸ばした。

自由を与えてやると、その上で共に生きようと瑞龍は言った。

あのとき自分の中に沸き起こった思いを、何も伝えられないまま秀瑛は逃げだし、今こうして追われている。

「なんとか瑞龍にだけでも伝えられないものか」

極刑に処されてもいい。ただ一言、自分ではないと釈明したい。彼だけには信じてもらいたかった。

「……瑞龍」

もう二度とあの手を取ることは叶わず、自分は罪を着せられたまま死んでいくのか。

「ここにいらっしゃいましたか、秀瑛王」

背後からの声にギクリとする。

「ああ、見つけたのがわたくしでようございました」

振り返ると、桂心が立っていた。うっすらと笑みを浮かばせ、秀瑛を見つめている。

「先ほどは失礼いたしました。あの場ではああするしか手がありませんでしたので。しかし思惑どおりにあなた様を逃すことができて安心いたしました。迎えの者がすぐ近くに来ております。……さあ、案内いたしましょう」

　先ほど剣を交えたことなどなかったかのような穏やかな声を出し、桂心が仲間のもとへ案内すると秀瑛を促す。

「瑞龍の暗殺は失敗してしまいました。残念ですが、秀瑛王の命のほうが大切です。いずれまた機会は訪れましょう」

　森のさらに奥へと足を進める桂心の後ろ姿を見送る。

「どうされましたか。待ち合わせ場所はすぐそこですよ、秀瑛王」

「……迎えなど来ていないのだろう。私を奥へ誘い込み、斬り捨てるつもりか」

「滅相もありません。わたくしをお疑いで？」

　眉一つ動かさないまま、桂心が「信じてください」と言いつのる。

「私が生け捕りにされれば、己の身が危ないからな。どうしても私を殺さなければならないのだろう、お前は。抵抗された末に討ったと申し出れば、疑われることもない。その上武勇も上げられ、王城でさらに自由に動き回ることができるからな」

　桂心の足が止まった。

「私を生かしておく利点は、桂心、お前には何一つない」

チ、と舌打ちをし、桂心が振り返った。いつの間にか剣を抜いている。
「思考など持たない人形と聞かされていたが、よくそのような考えに行き着いた」

能面のような表情は変わらず、冷徹な目が秀瑛を見据えた。

「あれほど周到にお膳立《ぜんだ》てをしてやったのに失敗するとは、とんだ無能だった。王も呆れることでしょう」

「王は私だ」

秀瑛の声に、桂心が「ご冗談を」と、鼻で嗤《わら》う。

「壬乃国の王は、今も新條王であらせられます。お世継ぎが成年されるまでは、変わらないのですよ」

桂心の言葉が咄嗟に理解できない。父、新條王の世継ぎといえば自分しかいないのに、桂心はまるで別にいるような口ぶりだ。

「それは……どういう意味だ？」

秀瑛の問いに、桂心は酷薄な笑みを浮かべ、秀瑛を見つめるだけだ。

「どういう意味だと言っている。私の他にも継承者がいるというのか。桂心！　言え」

「……お前など初めから継承者でもなんでもない。有事のための人身御供として育てられた、ただの道具なのだよ」

あまりのことに愕然とする秀瑛に、桂心は次々と残酷な言葉を吐く。

「お前が皇太子になどなれるわけがないではないか。お前の母親は、王族の出ではない、ただの召使いなのだからな」

「なんだと……？」

「かなりの美貌《びぼう》だったと聞くぞ？　もっともお前を産み落としてすぐに殺されてしまったがな」

秀瑛の母、第二王妃といわれた女は、元は王室つきの侍女で、壬の純粋な民ではないという。王の気まぐれで手籠《てご》めにされ秀瑛をもうけたが、その頃我が子を亡くした第一王妃に殺されてしまった。残された秀瑛も、一緒に殺される予定だったのだが、一応男子であり、また、侍女の類《たぐ》い希《まれ》なる美貌を受け継いでいたため、将来何かの役に立つかもしれないと、生かしておくことになったのだ。

「元々壬乃国には、影武者という要人の身代わりを作る習わしがあるのだ。いずれお生まれになる皇太子様のために、お前を取っておいたのだよ」

「影武者……」

茫然とする秀瑛に、桂心がさらに畳みかける。

「生まれてすぐに亡くなったとされている第二皇子は、実はご存命だ。そのお方が真の皇太子様だ。お前は皇太子様の身代わりなのだよ」

皇太子の影武者に任命された秀瑛は、事実を知らされないまま育てられた。自分を皇太子だと信じ、いずれは王となる身として、様々な教育を受けた。だが、秀瑛の受けた教えとは、皇太子の身代わりとして、生け贄《いけにえ》になるためのものだったのだ。

「自我など育たぬように厳しく躾けたと聞いていたが、考える力ぐらいは持っていたようだ。人形のままでおれば、あの兎乃国の王を葬ることができたというのに」

「しかし私は……、父より冠と宝剣、玉を賜った。戴冠の儀は確かに行われたのだぞ」

秀瑛の必死の声に、桂心は嘲笑《あざわら》い、「あんなもの」と吐き捨てた。

「あのようなお粗末な戴冠式などあるはずがないではないか。お前をその気にさせるための余興だよ」

「余興……」

秀瑛の手を取り、涙を流したあれも、すべて嘘だったというのか。

「憐《あわ》れだな。お前は壬の本当のしきたりなど、何一つ教えられていないのだから」

石で造られた粗末な小屋に住み、王家の誰とも接触を持たず、教えられる事柄は、身代わりとしての振る舞いと、生け贄の覚悟。

十八年間、秀瑛は王家の道具として生かされていただけだったのだ。

「お前の今持っているその宝剣も、どこでも手に入る愚作の品だ。ああ、寝台の下にもまだ入っているぞ。丁寧に隠しているのだな。それも利用させてもらう。王を暗殺しようとした立派な証拠として」

戴冠式も宝剣も、すべてはまがい物。秀瑛の存在すらまがい物なのだと、桂心が言った。

「身代わりは身代わりらしく、すべての罪を被って死んでいけ……っ」

桂心が剣を振り下ろしてきた。咄嗟に持っていた剣で受け止めるが、秀瑛はもはや戦う気力を失っていた。深い絶望に襲われ、自分が今何をしているのかも分からなくなってくる。

ただ、振り下ろされてくる剣をいなし、受け止める。悲しみに打ちひしがれているのに、身体は機械的に剣を払い、生きようとするのだ。

「まだ抵抗するか。しぶといな。流石半分は兎人の血が流れている」

桂心の言葉に目を見開く。

秀瑛が怯《ひる》んだ一瞬の隙に、桂心の剣の切っ先が秀瑛の腹部を貫いた。

「っ、う……ぐ」

鋭い痛みに苛《さいな》まれ、秀瑛は膝をついた。足に力が入らず、立ち上がることができない。刺された場所に手を当てると、生温かく湿ったものが流れ出ていた。着物が血に染まっていく。

「このまがい物の下人風情が。……お前が生きていることを喜ぶ人間など、この世に一人もいない。お前は陰の生き物なのだから」

誰も喜ばない。死んでも誰も悲しまない。なぜなら自分という存在は、初めからどこにもなかったのだから。

蹲る秀瑛の目の前に、桂心の足が見えた。開いた両足に力を込め、おそらくは秀瑛の首を切り落とそうとしている。

これが自分に下された天命なのかと、秀瑛は桂心の足先を見つめながら思った。

こんな死に方をするために、私は今まで生きてきたのか。

誰からも真実を教えられず、会ったこともない者の身代わりとして生かされ、そして罪を着せられたまま死んでいく。

もはや頭を上げる力も残っておらず、秀瑛は地面に崩れ落ちた。草と土の匂《にお》いがする。

薄れていく意識の中、自分の手が見えた。銀の腕輪がわずかな月明かりに照らされて、光っている。

「瑞龍……」

自分にこれを贈ってくれた、愛しい男の顔が浮かぶ。

手を取りたかった。共に生きてくれと、自分からも言いたかった。

遠い異国の地を二人で回り、象という動物の背中に一緒に乗り、国の未来を語り合いたかった。

「私は、壬ではなかったらしい」

瑞龍と同じ、兎人の血が半分流れているということが、とても嬉しい。

身体の感覚がなくなっている。もはや痛みもなく、倒れているはずの地面の感触も何もない。剣は振り下ろされたのか。それも分からない。

静かに事切れるのを待っていると、草を踏みならす音と、桂心の怒声が耳に入ってきた。

「この……、離れろ、……っ、うわ、やめろ！」

桂心が誰かと争っている。他の護衛がやってきたのか。

焦ったような桂心の声に混じり、ギャァアォオン、という凄まじい咆哮《ほうこう》が響いた。

「……マール？」

頭を上げられず、目もよく見えない。

マールの叫び声と争う音は長く続き、秀瑛は意識を保っていることができずに、暗闇《くらやみ》の中へと落ちていった。


唐突に意識が戻り、だがすぐに闇に引き込まれていくことを繰り返していた。

目は開かず、声も出ない。身体のどこも動かず、ただ微かに音だけが聞こえてくる。

床を移動する足音。水の跳ねる音。それから人の話し声。何を言っているのかは理解できなかった。

何度目かの意識を取り戻したとき、突然瑞龍の声が飛び込んできた。

「……許さない」

低く凍えた声が耳に届いた。

ああ、やはり秀瑛が自分の命を狙ったのだと、瑞龍は憤っているのだ。

違う、私ではないと、それだけが言いたくて、懸命に声を出そうとするが、それも叶わず、再び意識が遠のいていく。

裏切り者と誤解されたまま、死んでいくのは悲しいと思った。

次に意識を取り戻したとき、また瑞龍の声がした。顔が見たくて、重い瞼《まぶた》を開けようと苦心するが、上手くいかない。すぐ側にいるのに、声が届けられず、瞼も開かない。

伝えたいのだ。自分ではないと、私はお前と同じ兎人だったと、どうしても伝えたいのに、それができないのが歯痒《はがゆ》かった。

「……秀瑛」

自分を呼ぶ声とともに、頰に何かが触れた。覚えのある感触だった。

「秀瑛」

秀瑛の頰を撫でる手が濡《ぬ》れている。自分が流した涙なのだと気がついた。

「生きろ」

瑞龍の力強い声が耳に届く。

「お前の口から真実を聞きたい。生きて、俺にちゃんと弁明をしろ」

それを聞くまで承知しない。だから生きろと、瑞龍が繰り返す。

そうか。それならば、生きなければいけない。

「秀瑛、早く目を覚ませ」

秀瑛の涙を拭ってくれながら、「待っているぞ」と、瑞龍が言った。


昏睡《こんすい》と目覚めを繰り返し、やがて目覚めの時間を長く保っていられるようになっていった。目が開けられるようになり、だが、まだ声が出なかった。

いつ目覚めても、目の前に瑞龍の顔がある。身体を拭《ふ》いてくれたり、水を含ませてくれたり、秀瑛の看護をしてくれているようだ。

何度目かの目覚めを迎えたとき、頬に当てられた瑞龍の手の温《ぬく》もりと、額に置かれた布の冷たさをはっきりと感じた。身体の感覚が戻ってきているようだ。

「ぁ……」

試しに喉を絞ってみると、掠れた音が漏れ、すぐに咳《せ》き込んでしまった。瑞龍が水を含ませた布を唇に当ててくれ、それで喉を潤す。

咳き込んだことで体力を消耗してしまい、疲れてまた眠くなる。

「……瑞龍」

眠りに引き摺り込まれながら、瑞龍の名を呼ぶと、手を取られ、強く握られた。

眠りの淵《ふち》から引き戻され、再び目を開ける。相変わらず瑞龍の顔が目の前にあった。

「起きたか」

碧色の瞳が秀瑛の顔を覗き込んでくる。

「さあ、俺に本当のことを言え」

起きたばかりなのに、気短な瑞龍は早く弁明しろと急かしてくるのだ。

「秀瑛、聞かせてくれ」

真剣な目が真実を聞かせてほしいと乞うてくる。

「……好きだ」

瑞龍が目を大きく見開いた。わずかに口を開け、驚いた顔をしている。

お前のことが好きだ。何よりも好きだ。

伝えたいことは山ほどあるが、これを一番に伝えたかった。

秀瑛の告白に虚を衝かれた様子の瑞龍だったが、その顔がすぐ笑顔に変わり、「知っている」と答えた。

「知っている……？」

「もちろん。お前の一挙手一投足より伝わってきていたからな」

「なんだそれは。そんなことはない」

「そうなのだ。素直になれ。俺の気持ちも知っているな？」

「さあ。知らないな」

「お前はまったく……」

秀瑛の手を握りながら、瑞龍が満面の笑みを浮かべている。

「これだけ話せるようになればもう安心だ。山は越えたようだな」

「私はどれくらい眠っていたのだ？」

「五日ほどだ。剣はお前の腹を貫いたが、幸い急所は外れていた。出血がかなり多くてな。だがもう止まっている」

「そうか。……瑞龍」

「なんだ？」

「お前を狙ったのは、私ではない。あれは、……あのとき、私は……」

秀瑛の訴えを最後まで聞かずに、「分かった」と瑞龍が言った。

「信じよう。お前が俺を殺そうとしたのではないと、それが分かればいい」

そう言って秀瑛の頰を撫でてくる。瑞龍の掌が濡れていた。自分はまた涙を流していたらしい。

「桂心はお前を討とうとし、マールに阻止されたのだ。倒れているお前の前に立ちはだかり、お前を護ろうとしていたそうだぞ」

桂心に刺され、意識を失う寸前に聞いた咆哮は、やはりマールのものだった。

「お前を案じ、毎日のように庭に姿を現す。早くお前の元気な顔を見せてやりたいものだ」

マールに襲われた桂心もひどい怪我を負い、手当を受けていたが、療養をさせているうちに、いつの間にか姿を消したという。

瑞龍はそのことで、桂心と秀瑛との間で何かあったのだと思い、それを聞き出すまで、秀瑛に誰にも手出しをさせないと言い渡した。

「そうだったのか。……しかしあの状況で、よくぞ私を庇ってくれたものだ」

ミトが目撃した状況は、秀瑛には絶対的に不利なものだった。姿を消した桂心に嫌疑がかかったとしても、それで秀瑛への疑いが晴れるわけでもない。

桂心に留めを刺されなくても、あのまま放置されれば、秀瑛は確実に命を落としていただろう。重臣たちは瑞龍にそう忠言したに違いない。それでも瑞龍は、瀕死《ひんし》の秀瑛を離れに運び込み、手厚く看病をしてくれたのだ。

「お前が目覚めないことには真相が分からないからな。周りの者には反対されたが、絶対に許さないと言ったのだ」

朦朧《もうろう》としたまま秀瑛が聞いた、瑞龍の許さないという言葉は、自分に向けたものではなかった。瑞龍は初めから秀瑛を信じてくれていたのだ。

「お前が俺を殺そうとするはずがないからな。そうだろう？」

自信たっぷりな顔をして瑞龍が笑い、秀瑛も笑顔になる。

秀瑛の頬を撫でている瑞龍の瞳が細まった。「目覚めてよかった」と、心底安堵したように溜息をつく。

「水は飲めるか？　粥《かゆ》を持ってこさせようか。五日も飲まず食わずだったのだからな」

秀瑛が完全に意識を取り戻したことを確認した瑞龍が、人を呼ぼうとするのを引き留める。

「瑞龍。私は、純粋な壬ではなかったらしい」

腰を浮かせかけた瑞龍が、再び枕元《まくらもと》に戻り、秀瑛を見下ろした。

「私は、真の皇太子の身代わりとして作られた、人形だった」

壬乃国での生活も、教育官たちの教えも、父の流した涙さえも、すべて嘘だった。

瑞龍が秀瑛を見つめる。深く碧い瞳をゆっくりと瞬《しばた》かせ、瑞龍が「知っている」と静かに言った。

「お前の壬乃国での暮らしぶりを聞いたとき、それは王族の扱いではないと思った」

振る舞いは王族のものなのに、得ている知識はまったくの出鱈目《でたらめ》で、しかも秀瑛はその出鱈目を信じ切り、堂々と瑞龍に反論した。

「暗愚なのかと思えばそれも違う。瞬く間に我が国の文字を覚え、難解な書物をも理解する頭脳を持っている。その矛盾はなんなのかと、不思議だった」

聡明さと無知、気高さと強《したた》かさという両極端を併せ持つ秀瑛は、向こうでどんな扱いを受けていたのかずっと疑問に思っていたと、瑞龍は言った。

「足下の危うい場所に立ちながらも、お前は王の責務を懸命に果たそうとしていた。真の素性は分からないが、お前自身は自分を壬乃国の王と信じて疑っていない。真実を知ったとき、どれほどの衝撃を受けるかと懸念し、安易に告げられずにいたのだ」

信じていたものが土台から崩れるのは、きっと想像もできないほどに恐ろしい体験だろう。だからそれが訪れたとき、自分が側にいてやり、秀瑛の心を和らげてやりたいと、ずっと思っていたのだと。

「初めは頑なすぎて、どうしたものかと思っていた。凶暴で、すぐに噛みついてくるからな、お前は」

そう言って笑う瑞龍を、寝台で横になったまま睨んでやると、瑞龍が笑みを深め、「その気の強さだ」と言った。

「開拓地域で監視兵たちに襲撃され、反抗していたお前に心奪われた」

再び瑞龍の腕が伸びてきて、秀瑛の髪を撫でてきた。

「あれほど美しい生き物を、俺は生まれて初めて目にしたのだ」

満身創痍《まんしんそうい》でありながら、自分の髪を切り落とし、止めに入った瑞龍にさえ刃向かってきた。その高潔な姿に圧倒され、惹《ひ》かれたのだと言って、瑞龍が微笑む。

「周りの反対を押し切り、お前をここへ匿い、一緒に過ごすうちに、お前の聡明さ、気高さ、時折見せる可愛らしさに、ますます引きつけられていった」

「……可愛らしさは余計だ。そんな要素は持っていない」

「可愛らしいだろうが。マールよりもずっと可愛いぞ、お前は」

「ふざけるな。人が真剣に話を聞いていれば、すぐにそうやって……」

「ふざけていない。……愛している」

突然の告白に絶句する秀瑛を、瑞龍が見つめてきた。髪を撫でていた掌が、頬、頤《おとがい》、そして唇へと滑っていく。

「お前はすでに俺にとってかけがえのない存在だ」

秀瑛の唇をなぞりながら、共に生きようと、瑞龍が言う。

「俺と一緒にこの国に残り、お前のその聡明さで俺を助けろ。俺もお前を助けてやる」

「しかし、私は敵国から派遣された者なのだぞ。周りが私を受け入れるはずはない」

「心配ない。俺が必ず説得してみせるから。だからお前も努力するのだぞ」

力強い声で、瑞龍は「俺を信じろ」と言った。

碧い目がやさしく瞬き、逞《たくま》しい腕で秀瑛の手を握ってくる。

「俺の手を取れ。秀瑛、二人で未来を作るのだ」

涙が溢《あふ》れた。

故郷に捨てられ、自分の素性すらない、何も持たない秀瑛に、瑞龍は自分がいると、そう言って手を差し伸べるのだ。

「……瑞龍」

「なんだ？　言ってみろ」

精悍な顔を柔らかく和ませ、瑞龍が秀瑛の声を聞こうとする。

この男はいつでもこうして、秀瑛の言葉を聞き、望みを叶えようとしてくれる。

「ここに来てからの生活は、私にとって、初めての安寧であり、幸福だった」

理不尽な理由で鞭を振るわれることもなく、欲しい知識も制限なく与えてもらえる。

何より瑞龍と過ごす日々は、楽しく、刺激的で、安心感に包まれていた。

「私もお前と共に生きたい」

握られた手を、強く握り返す。

「お前を愛している」

瑞龍が満面の笑みを浮かべ、「知っている」と答える。

「お前はなんでも知っているのだな」

秀瑛も笑みを返すと、瑞龍の大きな身体が下りてきた。

笑みの形を作ったままの唇が、秀瑛のそれにそっと重なる。

「……ん」

やさしく撫でられる感触は懐かしく、秀瑛は唇を重ねたまま、微笑んだ。


秀瑛が傷を負ってから一ヶ月が経った。

怪我の回復は順調で、痛みは未だ残ってはいるが、今では卓子に着いて食事をとることもできるようになっていた。

午後のお茶の時間を終え、秀瑛は窓辺に寄り庭を眺めている。今日もマールがいつもの木の下で寝そべっていた。

「瑞龍王、予乃国《よのくに》より文書が届いておりますが」

離れにやってきた文官が言い、瑞龍が「うむ。読むぞ。ここへ持ってこい」と答える。

相変わらず秀瑛のいる離れを執務室代わりに使い、ほとんどの時間をここで過ごしている瑞龍だ。

ここで公務をこなしながら、秀瑛の傷の具合を見たり、食事の面倒を見たりと、医務官やミトの仕事を奪ってしまうので、周りがやめさせようとするのだが、瑞龍が聞かない。

「いや、しかし、一応密書扱いとなりますゆえ……」

文書を持ってこいと命じられた文官は、困惑した声を出しながら、窓辺にいる秀瑛にチラリと視線を寄越した。

「なに、かまわん。ここへ持て」

「瑞龍王、どうか正規の執務室へお戻りください。文書は持ち出しかねますゆえ」

「ここも執務室も変わらんのだから、こちらで見る」

「いいえ。正規の執務室においでください」

再三ここで見ると瑞龍が言うが、文官も引かずに押し問答になっていた。

瑞龍は秀瑛の素性を周りに説明し、ゆくゆくは兎乃国の要人に就けるよう取り計らうと宣言したのだが、重臣たちに大反対を受けている。秀瑛の立場は微妙なままだった。

壬乃国の今まで歴史、また、瑞龍の暗殺計画は記憶に新しく、おいそれとは納得しないだろうことは、秀瑛にも理解できた。

本人が自覚しないまま影武者として兎乃国に捕らえられ、壬乃国からも捨てられたという事実は同情に値するが、秀瑛自身に対する信頼を生むまでには至らない。

調略と裏切りを繰り返す壬乃国の人間として、疑惑の目で見られることは、仕方のないことだった。

「その他にも、処理いただきたい事柄が山積みでございます。瑞龍王、あちらへ出向いてくださるよう、お願いいたします」

文官が深く腰を折り、瑞龍に嘆願する。慇懃《いんぎん》な態度に瑞龍もとうとう折れ、「……では、あとで出向こう」と返事をするのだった。

「まったく頑固でかなわん」

文官が去ると、瑞龍が窓辺にやってきて、愚痴を吐いた。

「あれは俺が幼少の頃からここにおるのでな、いつまでも俺に言うことを聞かせようとする。ここも向こうも変わらないというのに」

秀瑛のすぐ後ろに立ち、腰に手を回してきた。

「警戒するのも仕方のないことだ。私はまだ信用に足る働きを何もしていないのだから」

「お前の能力の高さは、ちゃんと説明している。だからこそお前に俺の仕事ぶりを見せて、学ばせているというのに」

身体を起こせるようになってからは、前にも増して書物を貪《むさぼ》り読んでいる秀瑛だ。将来の役に立つと思えば、勉学も楽しい。元々知識欲が旺盛《おうせい》な性質に加え、すぐ側には優秀な教師もついている。砂漠が水を吸うように物事を吸収する秀瑛を、瑞龍はさらに鍛え上げようと、ここで文官たちとのやり取りを見せ、瑞龍の公務について経験を積ませようとしているのだ。

時々は瑞龍が秀瑛に相談を持ちかけ、互いに意見を出し合ったりもする。そのことについて、新しい書物を所望し、過去の事例を調べ上げ、次の意見に発展させる。それらすべてが、今まで影武者として素性のなかった秀瑛が、新たに生まれ変わる基礎となっていくのだ。

「私のためと言ってくれるのはありがたいが、しかし、あまり我儘《わがまま》ばかりを通すのは、官吏のみならず、民からも不審を買うのではないか？」

自分を庇い、重用してくれようという心意気はとても嬉しいが、あまりに強硬な態度を取れば、人が離れてしまうのではと、秀瑛は懸念していた。

「なに、これしきのことで信頼を失うような働きをしていない」

相変わらず自信満々で任せろと瑞龍が太鼓判を押す。

「いずれお前を皆に認めさせてやる」

瑞龍の自信は決して虚勢ではなく、実力に裏打ちされているものだ。それに、心配はしてはいるが、瑞龍を信じてもいた。

有言実行の人物だということは、秀瑛をはじめ、兎乃国の誰もが知っていることだ。いずれ官吏たちも国の民も説き伏せ、秀瑛に確固たる居場所を与えてくれることだろう。

秀瑛も怪我が全快した暁には、懸命に働き、周りに認めてもらう努力を惜しまないつもりだ。

瑞龍は今、家臣に命じ、壬乃国の現王、新條を血眼になって追っている。王を捕らえ、秀瑛に与えた仕打ちを白日の下に晒そうとしているのだ。

新條王及び桂心を捕らえよと、命を下したときの瑞龍は、あの壬乃国の王の間で初めて対面したときのような激しさを見せていた。国交に於《お》いては穏やかな戦術を旨とする瑞龍の、好戦的な一面を垣間見る《かいまみ》秀瑛なのだった。

「あまり無理をするな。私のことは、ゆっくりでいいのだから。文官たちの嘆きを聞き入れてやれ。だいたい入り浸りすぎなのだ。傷の手当から食事の世話まですることはないだろう」

寝台に臥したままのときは、ひな鳥よろしく手ずから食事を与えられ、気恥ずかしい思いから、喧嘩に発展したこともある。

「俺の楽しみを奪うのか」

「楽しむな。とにかくこれからは執務室で仕事をしろ」

「ここでもちゃんと公務をこなしているのだから、問題はない」

「問題ありだろうが。現に文官が困り果てて、執務室に来てくれと言いにきたのだろう」

秀瑛の小言に、瑞龍はおどけたように片眉を上げ、額に唇を押しつけてきた。

「こら、ちゃんと私の話を聞け。ここで書類を読んだりするのはいいが、公務をすべてここに持ち込まず、たとえば朝と夕で区別をつけるとか」

額においた唇が頰に滑っていく。髪の匂いを嗅《か》ぎ、耳を擽《くすぐ》っている。

「……職務中だろう。早く執務室に行ってやれ。文官が待っているぞ」

他の者がいなくなれば、すぐにでもこうしてくっついてきて、秀瑛に悪戯を仕掛けてくるのだ。

文官たちが秀瑛に害意を持つのは、この男のせいではないかと疑いたくなるほど、瑞龍の態度は日頃から明け透けだった。

「なに、まだお茶の時間だ。ゆっくりでいい」

背中を抱いている腕が動き、瑞龍のほうを向かされる。下りてくる唇を迎えると、すぐに舌を連れていかれた。瑞龍の口内に引き入れられ、舐られる。

「……ん、ぅ、ん」

チュクチュクと水音が鳴る。窓の外から、マールの鳴き声が聞こえた。

「ぅ、ん、……ちょ、瑞龍、待て、……ぁ、……んぅ、ん」

マールが何か言っていると思い、窓のほうを向きたいのだが、胸を押して逃れようとすると、瑞龍がますます強く抱きしめてきて、阻止されてしまう。

「ずい、りゅ……、ぁ、ふ、……こら、離……、っ、んん」

抵抗すればするほど意地になったように奪ってくるので、秀瑛は諦めて瑞龍の好きにさせることにする。

秀瑛の身体から力の抜けたことを確認した瑞龍は、閉じていた目を一旦開け、それから笑った。諦めたから離してくれるかというと、そういうことでもなく、今度は顔を倒し、秀瑛の中に深く入り込んでくる。

抵抗しても、従っても、瑞龍の口づけはやまない。

「ん……ふ、ぁ……」

息継ぎの合間に漏れる声が、自分でもどうかと思うほど甘ったるいものになった。

足の力が入らなくなってきたところで、瑞龍の唇がようやく離れた。倒れるようにもたれかかる秀瑛の身体を、瑞龍が力強く支えてくれた。そうしながら、今度は瞼や耳、額に頬と、ところかまわず唇を押しつけてきた。

「マールが呼んでいる」

「ああ、そうだな。もう少ししたら外で会えるだろう。傷もだいぶ癒《い》えてきたからな」

「ん」

ちゅ、と最後にもう一度唇に軽く触れ、瑞龍が見下ろしてきた。

精悍な顔が、目尻《めじり》に皺を寄せたやさしい顔つきになっている。瞳の碧が相変わらず美しく、自分の瞳にも同じ色があるということが、今はとても誇らしいと思った。

「早くマールに直接礼を言いたい。出るときには干し肉を持っていってもいいか？」

「ああ、いいぞ」

「楽しみだ」

「ああ、俺も楽しみだ。だから秀瑛、早く怪我を治して全快しろ」

「そう急かされてもな、こればかりは……」

「全快の祝いに、お前を存分に可愛がってやるから」

「な……っ」

耳元で不意に妖《あや》しい声を出され、秀瑛は一言叫んだあとに絶句した。

唖然《あぜん》としている秀瑛の髪を手に取り、「だいぶ伸びてきた」と、そこにも口づけをする。

「なるべく早く全快しろ。その日が来たら、お前のすべてを俺のものにしてやる」

片方の口端を上げたいつもの表情を見せた瑞龍が、秀瑛の耳元に唇を寄せ、「その日が待ち遠しい」と囁いた。


それからまた半月が経ち、秀瑛の怪我もほぼ全快に近いほどの回復を見せていた。

待望の外出も許され、自分を救ってくれたマールに直接礼を言うこともできた。

離れの扉には、今は外側からの鍵はかかっていない。罪人ではないからという瑞龍の言葉により、秀瑛は離れと王城とを自由に行き来することを許された。

森への散策も一人で出かけられるようになり、どこを歩いても、護衛という名の監視がつかなくなった。

年が明ければ、城下にある学問所に通えることも決まっていた。

初めのうちは体制に慣れるために、ミトの通う初等の学問所へ通い、それから官吏を目指す大校と呼ばれる施設に転入する運びとなっている。

今までほとんど人と接触する機会を持たなかった秀瑛だ。初めて通う学問所に、期待と不安を募らせているのだが、瑞龍は「すぐにでも慣れる」と楽観的だ。

「学問に関してはまったく問題はないだろう。心配なのは人付き合いのほうだが、それもおいおい馴染《なじ》んでいくだろう。なにしろマールをたらし込んだのだ。他の者もすぐにお前の良さに気づくだろうよ」

そう言って笑い、「ただし、俺以外の人間をたらし込むなよ」などと一言余計なことを言うものだから、秀瑛から容赦のない反撃を食らう羽目になるのだった。

官吏たちの自分に対する目は未だ厳しいが、それでも秀瑛の読書量には驚いているようで、瑞龍が幼少の頃から仕えているという文官の明佑《めいゆう》などは、秀瑛が取り組んでいる書物について意見を聞いてきたり、参考になる文献を紹介してくれたりするようになった。

秀瑛の環境は着々と変化を遂げている。そうやって一つずつ階段を上り、自分の礎《いしずえ》を作っていくのだ。

秀瑛が王城への出入りを許されてから、瑞龍は公務を行う拠点を本来の執務室に戻した。秀瑛も時々はそちらへ出向くこともあったが、頻繁に顔を出すことは遠慮している。

王城に出入りする秀瑛に向ける官吏たちの素っ気ない態度は承知のことなので、秀瑛は気にしていない。それよりも、瑞龍の公務の邪魔をしてはいけないという、自戒の気持ちがあるからだ。

自国の政務に加え、他国との交易の調整や開拓地の視察、また、奪い返した壬乃国の再建と、瑞龍は忙しく飛び回っている。

兎乃国に落とされた壬乃国は今、着々と生まれ変わりつつあると聞く。学問所や職業の訓練所を作り、兎乃国へ流れてくる者もあれば、こちらからもどんどん人が派遣されている。いずれはここのように活気ある国へと変貌《へんぼう》するだろう。

幽閉に近い暮らしをさせられ、何一つとして真実を教えられてはこなかったが、あの場所はやはり、秀瑛の故郷だと思っている。いつかあの国へ赴き、故郷のために貢献したい。そして、ここに似ているという森と湖を見てみたい。

瑞龍は秀瑛の聡明さを褒め称《たた》えてくれるが、彼に手を貸すまでにはまだまだ至っていないことは、痛いほど分かっていた。

一日も早く彼に追いつきたいと、日々勉学に励んでいる秀瑛だ。

その日も秀瑛は、離れの自室で大量の書物を卓子に積み上げ、調べものをしていた。瑞龍は新たな政策のための会議に出ると言っていて、今日は姿を見ていない。

時刻は昼過ぎで、庭でマールが日向《ひなた》ぼっこをしていた。そろそろ寒い季節にさしかかっている時期だ。

秀瑛はあまり動物の生態を知らない。壬乃国では牛や馬や犬ぐらいしか見たことがなく、それらはみんな人間に飼われていて、小屋に住んでいた。

マールは兎乃国の厳しい冬を、あの森で過ごすのだろうかと思いながら、窓の外を眺めていると、部屋の扉が叩かれた。

入ってきたのは、瑞龍でも文官の明佑でもなく、揚洲《ようしゅう》という武官だった。壬乃国の王の間でも、開拓地で秀瑛が瑞龍と対峙《たいじ》したときにも、常に瑞龍の側に仕えていた男だ。

「何用でしょうか」

秀瑛の問いに、揚洲は硬い表情を崩さないまま一礼し、「王がお呼びです」と言った。

「そうか」

それだけ言い、秀瑛は立ち上がった。

普段は用があれば、いや、何もなくとも瑞龍は秀瑛のところへ勝手にやってくる。それがわざわざ使いを寄越して呼び出したのには、きっとわけがあるのだと即座に理解した。

瑞龍と同じように岩のような体躯《たいく》を持つ大男のあとをついていきながら、秀瑛の胸には黒い不安が立ちこめていた。この呼び出しが、良い意味ではないことが、直感で分かる。

離れから王城へ入り、長い廊下を歩いていく。城の奥にある扉の前まで辿り着き、揚洲が足を止めた。

扉が内側から開かれる。広い部屋の両側には、武官文官を交えた多くの官吏たちが一同に居並んでいた。

部屋の一番奥に椅子があり、そこに瑞龍が座っている。

秀瑛が通されたのは、兎乃国の王の間だった。

「秀瑛、こちらへ」

瑞龍に招かれ、広間の中央を渡り、玉座の前で傅《かしず》いた。

「秀瑛。……壬乃国の王を捕らえた」

頭上から聞こえる声に、秀瑛はやはりと思いながら、無言で頷く。瑞龍の合図で王の間の扉が再び開かれた。

揚洲に引き連れられ、広間に男が一人入ってきた。後ろ手に括《くく》られ、衣服は泥で汚れた状態のまま、玉座の前に引き出される。

秀瑛の父、新條王だった。

「この者は、壬乃国を脱出したあと、一時期胡洲《こしゅう》に落ち延び、そこから長京《ちょうきょう》へ渡る途中に捕らえることができた。長京は我が国と最近同盟を結んだ予乃国の属国でな、こちらにこの者たちの動向を知らせてくれたのだ」

交易を通し、各国と親密な関係を結んでいた兎乃国は、新條王たちの情報を探り、ついに捕らえることに成功したのだ。

「他にも数名、別の間に控えさせている。しかしまずはここにいる者が本物の王であるかどうか、お前に検分してもらいたい」

影武者を立てることを習わしにしている王だ。皇太子の身代わりがいるのなら、王の身代わりももちろんいるだろうと瑞龍たちは考え、秀瑛に本物かどうか確かめろと言っているのだ。

「秀瑛、これはお前の父、新條王に間違いはないか」

瑞龍の声に、秀瑛は目の前にいる老人に目をやった。

無理やり跪《ひざまず》かされた父は、秀瑛に向け大きく目を見開き、唇をわなわなと震わせた。

「どうなのだ？　秀瑛よ」

「……はい。間違いなく、私の父、新條王であらせられます」

低く、しかしはっきりと秀瑛は答え、瑞龍が唸《うな》るような声を出し、頷く。

「分かった。……ご苦労だった。この者の処遇については追って知らせる。下がってよい」

驚いて顔を上げると、瑞龍はわずかに顎《あご》を引き、それから「酷なことをさせてしまった」と、労《ねぎら》いの言葉をくれた。目には憐憫《れんびん》の色が浮かんでいて、これから残酷なことが起こると、それを秀瑛には見せたくないのだと、その目が語っていた。

瑞龍の計らいに感謝しつつ、秀瑛は一礼をしてその場をあとにした。両側に立つ官吏たちが、憐れむような目をして、秀瑛の横顔を追っている。

「……ゆうえい！　我が息子よ。お前の力でなんとか取りなしてくれ」

泣き声に近い叫び声を上げ、父が秀瑛を呼び止めた。

「お前はここで可愛がってもらっているのだろう？　慈悲を賜るように、お前からも頼んでくれ、秀瑛よ」

振り向いた先には、後ろ手に縛られたまま、這《は》いずるようにして秀瑛を呼ぶ父の姿があった。

「王の血を絶やしてもお前はかまわぬというのか。そうではないだろう？　可愛い我が子よ。どうか父を救ってくれ」

「新條王よ、お前はその可愛い我が子を一人置き去りにして逃げたのか」

瑞龍の冷たい声が飛んでくる。

「我が身可愛さに、秀瑛を人身御供にしたのだろう。偽の戴冠式まで行い、自分の代わりに死んでくれと」

「そんなことはない。あれは国を護るためのやむを得ずの処置だったのだ」

「国を護ろうとする者が、いち早く逃亡を図ったというのか。潜伏先でも、己の娘を重役たちに差しだし、厚い待遇を要求していたそうだな」

瑞龍の糾弾に新條王が大きく目を見開く。

「我が国に密偵を送り込み、秀瑛を使っての暗殺を指示したのもお前だな」

「違う！　あれは部下が勝手にやったことなのだ。私は何も指図していない！」

誰を犠牲にしてでも、自分だけは生き残ろうとする、一国の王の醜悪な姿がここにある。

自分が命を懸けて守ろうとしたものの正体が、……これなのか。

このような矮小《わいしょう》な男に騙され、洗脳を受け、狭い世界で粋がっていたのかと思うと、胸に冷たいものが下りていく。

「瑞龍王、どうかご慈悲を。私は何もしていない。すべて我が部下がやったことだ。私は何一つとして指示を出していない。桂心の暗殺計画を、我が息子が阻止したのでしょう？　息子のお蔭《かげ》で瑞龍王、あなたは命拾いしたのです。私はこの子の父親だ。だからどうか」

「もう黙れ！」

地面が割れるような怒号を放ち、瑞龍が立ち上がった。

「お前の汚い言い訳など聞きたくない。連れていけ」

瑞龍の命に、揚洲が父の腕を摑み、立ち上がらせようとする。

「やめてくれ！　……助けてくれ！　秀瑛、お前は恩を忘れたのか！　お前を助けたのは私だぞ、そうでなければあの下女が死んだとき、お前も一緒に土に埋められるところだったのだ！」

揚洲に引き立てられた新條王は、尚《なお》も秀瑛に向かい、叫び続ける。

「捨てられた命を拾ってやったのは私だぞっ！　純血でもないお前が、のうのうと生きてこられたのは、私のお蔭ではないか。なんのために……お前を助けたと思っている」

「黙れ。さあ、歩くのだ」

「お前があのとき処刑されていれば、こんなことにはならなかった。なぜお前が助かり、私が罰せられるのだ」

「新條王よ、見苦しいぞ。来い」

揚洲が力ずくで父を引き摺っていく。

「……秀瑛、助けてくれ。どうか口添えを。私は何もしていない。秀瑛、なんとかしてくれ。し……っ、死ぬのは、嫌だ。秀瑛」

涙と涎《よだれ》で顔をぐしゃぐしゃに汚しながら、父が秀瑛に助けを乞う。利用するだけ利用して捨てた子どもに縋《すが》り、無様に命乞いをする。

「秀瑛、しゅうえぃぃぃぃいいいいい」

断末魔の叫びを残し、新條王の姿が扉の向こうへと、消えていった。


兎乃国の王の間で父との短い再会を果たした三日後、壬乃国の王、新條の処刑が執行された。

新條王とともに捕らえられた壬の密偵桂心も、同日王と同じ刑を受けた。その他の王族も、幽閉や労働地区への派遣など、それぞれの罰を受けることとなった。

新條王の二人の王妃とその娘三人は、兎乃国と繋がりのある複数の同盟国にバラバラに預けられることになり、それぞれが厳しい監視の下、今後他国へ移ることも、連絡を取り合うことも許されない生活を、一生送ることになる。

そして新條王の真の息子である皇太子は、十にも満たない幼子ということで、大陸の辺境の地で再教育の末、将来の措置を検討するという処遇になった。

壬の血を持つ民たちは、広い大陸で散り散りにされ、二度と結託することが叶わなくなった。

こうして秀瑛の故郷、壬乃国は、この世から消え去った。

「秀瑛、散策に出かけようか」

父の処刑から一週間が経ったその日、秀瑛は瑞龍に誘われ、久し振りに二人で湖のある森へ出かけた。

瑞龍は毎日離れに顔を出し、何くれとなく気を遣ってくれる。

故郷の消失と、王の間で起きたあの醜悪な出来事は、秀瑛の心に暗い影を落とした。

自分が壬乃国の生け贄として洗脳されたまま育ってきたことは、桂心の言葉や、ここで学んできたことで十分理解していたことではあるが、父にあんなふうに罵倒《ばとう》され、本当に自分の価値はそれしかなかったのだと突きつけられたことに、改めて傷ついたのだ。

今では洗脳も解け、自由の身になったのだからと言い聞かせてはいても、なかなか吹っ切れることができないでいた。

それでも瑞龍やミト、それから王室で働く官吏たちの気遣いにより、少しずつ癒えてきている。

瑞龍が離れに入り浸りになると、いつも渋面を作って迎えにきていた文官の明佑も、よほどの危急の用事がない限り、何も言わずに瑞龍を送り出しているようだ。

父の見せた醜態に沈痛な思いを抱いた秀瑛だが、あの出来事により、秀瑛への同情が高まり、不審が薄まったのは皮肉なことだと思う。

湖の畔まで出ると、マールがすぐに姿を現した。今日は隣に瑞龍がいるので、側までは寄ってこずに、少し離れたところでこちらを眺めていた。

「やはり俺がいるとあの距離なのか。腑に落ちないな。俺が肉をやろうとしても近づかん」

秀瑛が一人のときは、撫でられる距離にまで近づいてくるくせにと、瑞龍が不満げな声を出す。

「人を見るのではないか？　私がやさしい人間だとマールは分かっているからな」

秀瑛のいつもの悪態に、瑞龍もいつものように片眉を上げ、楽しそうに笑った。

「なぜ笑うのだ。お前は私がやさしくないとでも言いたいのか」

「いや、そんなことはない」

笑いながら否定し、尚も大きな笑顔を作っている。

「悪態をつくほどに元気になったのだなと思ってな」

秀瑛の久し振りの毒舌に、瑞龍がそう言って嬉しそうに頷く。

「私の元気の具合を悪態で測るのはどうかと思うが」

「これが一番分かりやすいからな」

秀瑛の手を取り、瑞龍が手の甲へ唇を押しつけてくる。

今日も秀瑛の腕には、瑞龍に贈られた銀の腕輪が光っていた。

「急いで忘れろとは言わないが、少しずつにでも元気になってよかった」

碧の瞳が柔らかく瞬き、瑞龍の精悍な顔が綻《ほころ》ぶ。

「……もっと他の測り方があると思うがな」

「どんな測り方があるというのだ？」

楽しげに目を覗かれて、秀瑛は口づけを受けた手で、瑞龍の手を握り返した。

「瑞龍、私の怪我はもう全快したと思うのだが」

腹を刺され、床に伏していたとき、瑞龍は今のように秀瑛の手を取り、言っていた。

全快の日を迎えたら、秀瑛のすべてを自分のものにすると。

「全快祝いを私にくれるのだろう？」

秀瑛に手を握り返された瑞龍が、呆《ほう》けた顔をして秀瑛を見つめた。

「なんだその顔は」

「……あ、いや」

「全快祝いをしてくれるのか、してくれないのか、それともしたくないのか。あれはその場限りの戯《ざ》れ言《ごと》か？」

鋭い口調で責めると、瑞龍は慌てて「そんなことはない」と答えた。

「戯れ言なんかであるものか、秀瑛、したくないなど、そんなわけがないだろう」

瑞龍の慌てぶりが可笑《おか》しくて笑っていると、草むらで日向ぼっこをしていたマールが起き上がり、欠伸《あくび》をしながら伸びをして、それから森の奥へと帰っていく。

「マールは冬の間も森の奥で過ごすのだろうか」

「ん？　ああ、マールか？　うん、そうなんじゃないか？」

気もそぞろという感じで、瑞龍が適当なことを言う。

「これからますます寒くなるのに、大丈夫なのだろうか。夜はもう冷えるだろう」

「あれは野生で、何年も冬を過ごしてきたのだ。温かい毛皮も持っているし、大丈夫だ。きっと森のどこかに雨風を凌《しの》げる住処《すみか》があるのだろうよ」

「そうか。そうだな。私が心配することではないか」

「そう。では俺たちも戻ろう」

繋いでいる手を引っ張り、瑞龍が促してきた。草を踏む歩調が、心なしか早足になっている。

「本当に怪我はよくなったのだな。傷口はもう完全に塞がったのか？」

「さあ、どうだろう。よく分からないな。治っていないかも」

「お前……」

瑞龍が呆気《あっけ》に取られ、そのあと悲愴《ひそう》な顔を作るので、秀瑛は声を上げて笑った。

「私が全快したかどうか、お前が確かめろ。私を可愛がってくれるのだろう？」

悲愴な顔から今度はいつもの不敵な表情になり、瑞龍が笑った。

二人で戻ろう。温かい終《つい》の棲家《すみか》に。

酒を酌み交わし、この国の未来を語り合い、そして秀瑛の全快を祝うために。


蠟燭《ろうそく》の灯《あか》りの下、目の前に瑞龍の顔が見える。

着物を脱ぎ去り、一糸も纏《まと》わぬ秀瑛の身体を見つめ、瑞龍の掌が肌の上を滑っていく。

「……もう痛みは起きないか？」

脇腹の傷に触れながらそう聞いてくる瑞龍も、すべての衣服を脱ぎ去っていた。

「ああ、どこも痛くない」

両腕を伸ばし、太く頑強な首を抱く。引き寄せながらそう答えると、大きな身体が下りてきた。

「ん……ぅ、ん」

口づけは初めから激しく、舌を絡め合い、お互いを味わう。唇を重ねたまま秀瑛を見つめる碧い目が、愛しげに細まり、ゆっくりと閉じていく。

首を抱いていた手を滑らせ、瑞龍の逞しい背中を撫でた。張りのある肌がわずかに汗ばんでいて、秀瑛の掌に吸いついてくる。

秀瑛を味わい、秀瑛に撫でられながら、瑞龍が「ああ……」と溜息のような声を上げた。

艶やかな声を聞き、秀瑛の背中がゾクリと震えた。

「ようやくこの日を迎えた。待ち遠しかったぞ」

目を開けた瑞龍が秀瑛を見下ろし、嬉しそうに言った。

「……私もだ」

再び瑞龍を引き寄せ、自分から口づけをねだると、瑞龍が微笑み、望んだものをくれた。

唇から頤、そして首筋へと、瑞龍の唇が肌の上を移動していく。

「柔肌だな。俺とは違う。だいぶ白い」

秀瑛の肌を撫でながら、瑞龍が感想を語った。

「好い触り心地だ」

以前開拓地域で大勢の男たちに身体を弄《いじ》られたときにも、同じような言葉を聞いた。あのときは屈辱と怒りしか湧かなかったものが、今は嬉しく思うのだから、不思議だ。

瑞龍の唇が胸先に辿り着き、舌の先で転がされると、背中が浮き、肌が粟立った。

「ふ……、っ、く……ぅ」

声を上げそうになり、自分の口元に肘を当てて堪えようとしたら、瑞龍に両腕を取られ、敷布に押しつけられてしまった。

「瑞龍……ん、ん、っ、ぁあ」

声を塞ぐものがなくなり、堪えようとしても抑えが効かない。瑞龍がそれを狙っていることが分かり、思いどおりになるのが悔しくて、必死に声を殺す。

カリ、と粒を歯で挟まれ、激しく揺さぶられた。次には舌先でチロチロと舐られ、強く吸いつかれる。

「ふ、ふ、……んんん、……は、あ……ぁ」

喉の奥がむず痒いような感覚と同時に、腰が疼《うず》く。自分がこんな場所で感じ、声を上げてしまうことに驚くと同時に恥ずかしく、素直に官能に浸れなかった。

「秀瑛、押し殺すな」

秀瑛から声を引き出そうと、瑞龍が舌と指で責め立てる。

「お前を喜ばせたい。素直に感じていろ」

「……ん、んぅ、……ぁ、あ、あ」

瑞龍の言葉に箍《たが》が外れていく。次第に高くなる秀瑛の声に感応するように、瑞龍の動きも激しくなっていった。

掌と舌で丁寧に愛撫され、身体がトロトロに解けていく。腰の疼きが強くなり、その部分を無意識に瑞龍の肌に押しつけ、揺らしていた。

「んん、んんぅ、……ぁ――」

胸先を強く吸われ、仰《の》け反《ぞ》るように背中を浮かせながら腰を揺らす。秀瑛の素直な反応に、瑞龍は微笑み、無骨な手を腹の下へと滑らせてきた。

「っ、ああっ、……あっ、あっ」

雄芯を包まれ、上下される動きに、思わず大きな声を上げ、身体がビクビクと跳ねる。

「素直な反応だな」

「……たわ、け……っ、ぅ、んん」

からかわれたのが悔しくて悪態をつこうとしたら、激しく擦《こす》られて、声が途切れた。

「嬉しいと言っているのだ。心地好いのだろう……？　ほら、もっと鳴け。歓ぶ様を、俺の前に曝《さら》け出せ」

「あ……、ん、ぅ、んぁ、……あ」

緩く、強く掌を動かされて、そのたびに吐息と嬌声《きょうせい》を放つ秀瑛を、瑞龍が愛しげに見つめていた。

やがて身体を起こした瑞龍が、秀瑛の両足を持ち、大きく広げていく。手にした香油の瓶を開け、自分の掌に垂らした。

「……恐ろしくないからな」

宥めるような声に、無言で頷いた。恐ろしい思いなど一つも抱いていなかった。この男が自分に怪我をさせるはずがないことを知っている。マールに傷をつけられたとき、火のように怒っていた。そんな瑞龍が、秀瑛を乱暴に扱うわけがないのだ。

香油のぬめりを借りた指が後孔に当たり、少しずつ入ってくる。

「ぅ、っん……っ」

味わったことのない違和感に、思わず息を詰め身体を固くすると、瑞龍が口づけを落とし、宥めるように撫でてくれた。

秀瑛の表情を用心深く探りながら、瑞龍の指が少しずつ進んでくる。

グチュグチュと音が立つのが恥ずかしく、眉を寄せて唇を噛むと、瑞龍が「痛いのか?」と、別の心配をしてくるのが可笑しくて、フッと息が漏れた。

「きつくはないか……?」

笑みを浮かべる秀瑛に安心して、指をまた少し進ませる。

「ぅ、ん、……ん、ん」

声を出すと、入り込んだ瑞龍の指を締めつけてしまいそうで、秀瑛はコクコクと首だけを動かして返事をする。

「赤子のように素直だ。……可愛らしいな」

「たわけ……、っ、んっ、……くっ」

瑞龍に負担をかけないようにと精一杯協力しているのに、そんなことを言うから思わず反論してしまい、そうしたら中が締まってしまい、自分に衝撃が返ってきた。

「ほら、こんなところで意地を張るな。力を抜いて俺に委ねておけ」

「お、まえが……っ、変なことを言うか……っ、は、ぁ」

キュウキュウに締まってしまい、慌てて力を抜こうとするが抜き方が分からない。

「秀瑛、……秀瑛、大丈夫だ。慌てなくていい」

頬を撫で、額に口づけを落とし、秀瑛が落ち着きを取り戻すまで、瑞龍が辛抱強く待ってくれた。肌に触れる瑞龍の唇が心地好く、身体が弛緩《しかん》していく。

「ゆっくりだからな。何も怖がることはない」

「怖くなどない」

「そうか」

瑞龍が笑った。指がまた少し、奥へと進んだ。

内壁を擦りながら、中を解《ほぐ》し、二本、三本とゆっくりと時間をかけ、慣らされていく。

「は……ぁ、あ、ふ、……ぅ、ふぁ、あ」

瑞龍の指がある場所を掠めると、不思議な衝撃が起こり、秀瑛は大きく息を吐きながら、身体をビクビクと震わせた。

「ここか……？」

「ゃ、……っ、ぁあ、ん、んぁん、あっ、ふぅ、あ」

魚のように口をパクパクさせて空気を取り込もうとする秀瑛に、突然瑞龍が被さってきた。

「……んん、んぅ」

苦しくて首を振るのに瑞龍がしつこく追ってきて、再び貪られる。

「ああ、……秀瑛」

瑞龍が切なげな声で名を呼ぶ。きつく眉を寄せ、縋りつくように秀瑛の唇を吸ってきた。

瑞龍の身体が火のように熱かった。秀瑛を恍惚とさせながら、己も高まり、凶暴な雄茎を秀瑛の肌に押しつけている。

「秀瑛……」

瑞龍のそれは硬く雄々しく、さらなる刺激を求めて濡れていた。

「瑞龍、私が欲しいか……？」

目の前で苦悶《くもん》の表情を浮かべている男に問う。秀瑛の声を聞いた瑞龍は、寄せた眉はそのままに、薄《うっす》らと笑みを浮かべ、「ああ、欲しいぞ」と言った。

「ならば奪え。……私はお前のものだ」

身も心も、命さえも与えてやる。

秀瑛の声を聞き、瑞龍の碧の瞳に妖しい光が灯《とも》った。

秀瑛の中を占領していた指が抜き去られ、瑞龍の逞しい腰が割り入れられる。

「いくぞ」

十分に解されたそこに瑞龍の先端が当たり、そのままグイと押し込まれた。

「……っ、ああ」

指よりも太く硬いものが入り込んできて、秀瑛の身体がずり上がる。逃がすものかと腰を摑まれ、引き下ろされると同時に、強く穿《うが》たれた。

「ああっ、ああ」

声を抑える余裕もなく、秀瑛の口から大きな声が放たれる。

深く抉られ、息つく暇もなく激しい抽挿が始まり、そのたびに押されるように嬌声が上がる。

「ああ、秀瑛……、ああ、は、はっ……、ああ、ああ」

瑞龍もまた声を発しながら、強く腰を打ちつけてくる。堪えていたものを爆発させるような力強い律動に、秀瑛は為す術もなく流されていった。

深く穿ったかと思うと、次には細かい振動で腰を震わせる。秀瑛の足首を掴み、大きく広げながら、嫌らしく腰を回し、瑞龍が声を放つ。

長い髪が前に垂れ、秀瑛の肌の上に落ちている。その髪を自分の手に絡め引っ張ると、瑞龍の身体が下りてきて、唇が重なる。

「あっ、……ああああっ、あ――っ」

口づけを交わしながら抽挿を繰り返している瑞龍の劣情が、先ほどのあの場所をゴリリと抉り、秀瑛は大きな声を上げた。

目の前に火花が散り、身体の内側から熱が迸《ほとばし》りそうになる。秀瑛の反応を見てとった瑞龍が、今度はそこばかりを狙い、腰を送り始めた。

「瑞龍……っ、ぅ、はあ、は、は……っ、ずいりゅ……」

「果てそうか……？」

自分も荒く息を吐きながら、瑞龍が容赦なく穿つ。

「ああ、……素晴らしい心地だ。秀瑛、こっちを見ろ」

朦朧としながら瑞龍の呼びかけに目を上げると、瑞龍がこちらを見下ろし、笑っていた。蠟燭に照らされた肌を汗で光らせながら、力強く律動する身体が、美しいと思った。

「瑞龍……」

両腕を伸ばし、上にいる男を捉えようとする。瑞龍が秀瑛の手を取った。お互いの手を取りながら、身体を繋げ、体温を分かち合う。

「……私のものだ」

自分の上で、自分を貪っているこの男は、自分のものだ。

秀瑛の呟きに、瑞龍は唇の片方を引き上げ、不敵に笑う。

「そうだ。俺はお前のものだ。嬉しいか？」

不遜な問いに、こんなときにも自信たっぷりなのだなと思いながら、秀瑛も笑みを返し、

「ああ、嬉しい」と答えた。

瑞龍が天を仰ぎ、大きく息をつく。律動が激しくなり、瑞龍が駆け上がろうとしている。

その美しい姿を見上げながら、秀瑛にも絶頂の兆しが訪れた。

互いに手を繋いだまま、二人で高みに向かっていく。

「……ふ、あ、……っ、あ、あ、ああ、あ――っ」

背中が反り上がり、大声を放った。目の前が白み、何も見えなくなる。

身体を震わせながら、秀瑛は絶頂を迎えていた。トプトプと精が迸り、自分の腹が濡れていく。

「ああ、ああ、……く、っ、ぉ、……っは、あ、あああ」

秀瑛の上では瑞龍が咆哮を放ち、身体を硬直させている。瑞龍もまた、我を忘れるほどの快感に浸っているようだ。秀瑛の中に強く突き入れたまま、瑞龍の腰が震えている。腹

が温かくなり、瑞龍もまた絶頂を迎えたことを知った。

「……ふ、ふ、っ……は……あ」

荒い息がやがて大きな溜息に変わり、ドッと降るようにして秀瑛の上にのしかかってきた。重なっている肌の上から、ドクドクという激しい心臓の音が響いてくる。

「……重い」

大男に潰《つぶ》されて、思わず本音を吐くと、上に被さっていた瑞龍がフッと笑った。

「相変わらず容赦がないな。今ここでそれを言うのか」

「仕方がないだろう。重いのだから。それに、容赦がないのはお前のほうだ」

「どうしてだ？」

「全快祝いと言いながら、まるで労《いたわ》りの心がない。私は病み上がりだぞ」

「十分労ったつもりだが。傷はすっかり治ったのだろう？　それに、まったく怪我の影響がなかったではないか」

そう言って瑞龍が秀瑛の目を覗いてきた。

「俺の下で心地好さそうにしていただろう。全快だな」

「っ……今ので傷が開いたわ！　とにかく退《ど》け！」

秀瑛の怒声に、瑞龍は相変わらずどこ吹く風で笑い飛ばし、「おーおー、元気でなにより」などとふざけたことを言うものだから、秀瑛に再び反撃されることになるのだった。

教科室には十五人の生徒がいた。ほとんどがこの学問所での最年長である十五歳だが、中にはもっと下の年齢の者もいる。能力に沿って飛び級した生徒で、ミトもその一人だ。秀瑛の隣の席に着いたミトは、講師の説明を聞きながら、時々は秀瑛の様子を窺うように視線を向けてくる。

初歩的なことを学ぶここでは、学問に於いて、もはや秀瑛が学ぶことはないようだった。だが、皆で一斉に声を合わせて教本を読むのも面白く、講師に投げられた質問に、突拍子もない答えをする生徒もいたりして、それを叱ることなく、笑いが起こるのが新鮮だった。

生徒たちは皆のびのびと学んでおり、ふざけ合ったり、ときには口論をする者もいた。教科室は喧噪《けんそう》に包まれていて、それなのに穏やかな空気が流れている。

合奏の教科では、秀瑛はミトと一緒に笛を吹いた。まだ時々は音が外れることもあるが、楽譜を目で追いながら指を動かし、周りに合わせて奏でることができた。

教科の合間には、秀瑛を遠巻きにしながら、生徒たちが好奇の目を送ってきた。他の教科室からも人が集まり、ガヤガヤと覗いている。

「……私の振る舞いがどこかおかしいのだろうか」

　こちらに話しかけてくるでもなく、珍しいものでも見るようにされるのが居心地悪い。他の者よりも随分と年上なことも、秀瑛と周りの者との間に隔たりを作っているのかもしれない。

「そうではありません。秀瑛様のお姿が、その……抜きん出て美しいからだと思います」

　秀瑛の懸念の声に、ミトが慰めるような声でそう言った。

「そんな馬鹿な」

　秀瑛が笑うと、ミトは「本当です」と真剣な目をするので戸惑ってしまった。

　男にしては柔な容貌《ようぼう》をしていることは、以前にも揶揄《やゆ》されたことがあるので知っているが、美しいなどという表現はされたことがない。

　瑞龍はとかく可愛いだの綺麗だの、大仰な言葉で褒めそやすが、あれの言うことは受け流している秀瑛だ。

「秀瑛様が転入される前には、とてもお綺麗な方が来るのだと、私もだいぶ自慢していましたから、皆楽しみにしていたのだと思います」

「なんだ、ミト、お前が吹聴して回ったのか」

　秀瑛が呆れていると、ミトはペロッと小さく舌を出し、「ですが、皆にどんな人だと聞かれたので、そう答えたのです」と、はにかんだ顔を見せる。

「そのような前評判が立っていたのか。それなら落胆されてしまったな」

「そんなことはありません。想像以上のお美しさに、皆驚いているのですよ」

ミトが嬉しそうにそう言い、ほら、と周りに目をやる。戸惑いながら秀瑛も顔を上げ、こちらを見ている生徒たちに視線を移すと、目が合った者が慌てて顔を俯《うつむ》けた。隣にいる者にバンバンと背中を叩かれている。

「……皆と仲良くなれるかな、私は」

集団での生活は、兵の訓練を受けたわずかな期間しか経験がない。そのときでさえ、周りの者と隔たりを作り、自分から歩み寄るということをしてこなかった。関《かか》わる人間は皆自分よりもずっと年嵩《としかさ》の大人ばかりで、幼い子どもとは話したこともない。

教科室の扉の向こうから顔を覗かせている小さな子に目を向けながら秀瑛が呟くと、ミトがその集団に向けて「ショウ」と呼びかけた。

人だかりになっている中から、子どもが一人やってくる。七歳か八歳ほどの年齢の男子が、おずおずとした態で部屋の中へと入ってきた。

「私の弟、ショウです。秀瑛様のことは、よく話しているのですよ」

「おお、そうか。ショウ、よろしくな。いろいろと私に教えてくれ」

秀瑛の挨拶に、ショウがぺこりと頭を下げ、すぐさまミトの腰に抱きついて顔を隠す仕草をするのが可愛らしい。

ミトとショウと三人でいると、先ほどまでは遠巻きに眺めていた生徒たちもわらわらと集まってきた。自分は苑《えん》だ、自分は浩然《こうぜん》だと、我先にと自己紹介を始め、秀瑛の周りがたちまち賑やかになる。

集まってくる子どもたちは髪も目の色もバラバラで、親の職業も官職や商人、工人など、環境の違った者たちが一つの学問所に集まり、みんなで学んでいた。

小さな子どもたちに囲まれた秀瑛だったが、次の教科が終わる頃には、同じ部屋の生徒たちも側に寄ってきて、やはり自己紹介をされた。

秀瑛は一人一人に丁寧に挨拶を返し、今の教科の進み具合や家庭の話、または将来の展望などをにこやかに聞いた。

初めてやってきた学問所は、半日も経たないうちに秀瑛を受け入れてくれ、秀瑛のほうでもすっかり馴染んだようになった。

「秀瑛さんは壬乃国から来たと聞きましたが、壬なのですか?」

同じ教科室で学ぶ学童の一人、寿惇《じゅじゅん》が聞いてきた。

「ああ、壬乃国から来たのは確かだが、純粋な壬ではない。半分は兎人だ」

秀瑛の答えに、寿惇が「僕もです」と、笑顔になった。寿惇も黒の瞳に漆黒の髪を持っていた。

「僕は四分の一ですけど」

「そうなのか」

寿惇の祖母は壬だったが、祖父は兎人で、壬乃国では壬と兎人との結婚は許されておらず、二人で兎乃国へと流れてきて、寿惇の父が生まれたのだという。

「僕と同じような人はこの国にもたくさんいますよ」

壬の民は、自分たちの純血を守るために、同族同士でしか結婚が認められず、そうしているうちは、高尚な民として恩恵を得られた。しかし、自分の愛する人を伴侶《はんりょ》とし、別の地で家庭を持った人々もいたのだ。

安寧を捨て、血に拘らず、自分たちの力で暮らしを築き、幸せを得ている。

寿惇もミト同様、この学問所を卒業したあとは、官吏の道に進むと言った。

「僕の父は市で商人をしています。瑞龍様は、将来この国の市を大陸一の規模にするとおっしゃいました。その手助けがしたいのです」

「そうか。この国の市は実に様々な物を売っているからな」

「はい。それをもっともっと広げて、巨大な市にするんです」

寿惇が両腕を大きく広げて言った。

寿惇の笑顔を眺めながら、ここ兎乃国が、武力を使わずして絶大な勢力を誇っている理由が分かるような気がした。

寛容と平等、そして希望。この国にはそれがある。

夢が夢で終わらない。望めばこの手で摑むことができるのだ。

「では寿惇もこの先大校へと進むのだな。向こうでも一緒に学べる」

「はい。よろしく」

キラキラと目を輝かせ、寿惇が手を差し出した。その手をしっかりと摑み、秀瑛も握り返した。


王城の離れに帰ると、瑞龍が手ぐすねを引いて待ち構えていた。

「どうだった？　初めての学問所は」

持ち運んだ教本の束も置かせてもらえないまま、瑞龍が秀瑛の身体を抱き込んでくる。

「ああ、とても充実していた。少々疲弊したが」

初めは緊張し、次には人に囲まれて対応するのに神経を使った。今までにない体験の連続に身体は疲れているが、これは心地好い疲れだ。

「向こうで友人はできたか？　まさか初日から喧嘩などしていないだろうな」

瑞龍が例の意地の悪い笑みを浮かべ、からかってくる。

「お前は短気だからな」

「まさか。全員が私よりも年下なのだぞ。そんな大人げないことはしない。お前は私をなんだと思っているのだ」

「初対面の人間には漏れなく噛みつくだろう？」

「なんだと！」

さっそく軽口を叩く瑞龍を睨み上げ声を荒らげると、瑞龍は満足そうに笑い、「落ち込むような失態はなかったようだ」と言うのでますます腹が立った。

「失態などないっ！　こら、離せ」

手に持った教本でグイグイ胸を押すが、ますます強い力で羽交い締めにされ、瑞龍の腕の中で暴れる。

「ああ、見れば分かる。元気に悪態をついているからな」

「だから私の状態をそういうことで測るな！」

秀瑛が激昂《げっこう》すればするほど楽しそうにするのだから、性格の悪い男だ。

「まあ、まだ一日目だからな。猫も被っていられよう。そのうち友人もできるだろうよ」

「猫など被っていないぞ。私はいつもありのままだ。友人だってちゃんとできたのだからな！」

秀瑛の言葉を信じていないのか、瑞龍が笑顔のまま片眉を上げた。

「お前、疑っているだろう。私に友人などできるはずがないと」

「そんなことはない」

「だができたのだ。まあ、ミトのお蔭だがな。ああ、ミトの弟を紹介されたぞ。とても愛らしい男子だった」

ミトの腰にくっつきながら、恥ずかしそうに挨拶をしてくれたことを思い出し、笑いながらそのときの様子を語る。

「一人が寄ってくると、もうわらわらと集まってきてな。あれには参った。皆重なって自分の名を名乗るから、覚えるのが大変だった」

喧嘩は一旦収め、学問所での出来事を聞かせてやる。

緊張も戸惑いもあったが、それ以上に楽しかったことを語ると、瑞龍が今度は皮肉でない笑みを浮かべた。

羽交い締めにされていた腕の力は緩まったが、瑞龍は腕を解かずに、ずっと秀瑛の身体を胸に納めたまま、秀瑛の話を聞いている。

「そうだ。私のように、壬の血を持つ者もいたぞ。祖母が壬なのだそうだ。官吏を目指していると言っていたぞ」

「ほう」

「一緒に大校に行くことを約束した。素直ないい若者だった」

話しぶりを聞いても、利発な人物だった。寿惇が順調に官吏の道へ進めば、いずれ瑞龍と会うことになるだろう。将来一緒に兎乃国の国政に関わるようなことになれば面白いと思う。

「この国には優秀な人材が本当に多くいるのだな。大校に通うのが今から楽しみだ」

「やはり心配したとおりだった」

不意に不穏な声が聞こえ、え？　と瑞龍を見返すと、つい今し方笑顔だったのに、なぜか眉間に皺を寄せた難しい顔になっている。

「さっそく学問所の輩《やから》をたらし込んだとみえる」

「なっ……、馬鹿を言うな」

「先に注意をしただろう。俺以外の人間をたらし込むなと」

「そんなことはしていない」

何を言っているのだと反論をするが、瑞龍は眉間の皺を解かず、緩んでいた腕の力をまた強めてくる。

「油断も隙もない」

「瑞龍、何を言っているのだ」

「執務室でも、明佑がお前のことを気にかけていた。他の連中もだ。いつの間にか、俺を通さずにここへやってくる輩もいるのだろう？」

確かに明佑はよく文献を持って離れを訪れる。他にも親しく話すようになった文官も数人いた。

壬乃国では限られた人としか話すことはなく、ここへ来てからもしばらくはミトと瑞龍以外には交流を持たなかった。それが今では、王城へ行けば気安く話せる人間もできたし、城下でも顔見知りの商人などもいる。

「それはお前が、私と彼らが親しく関われるようにと計らってくれたのだろうが」

「それはそうだが、必要以上に親しくなられるのは面白くない」

瑞龍の気遣いをありがたいと思うから、秀瑛も勉学に励み、周りの者との繋がりを大切に保とうと努力しているのに、力を貸してくれた当の本人が、面白くないと言うのだから、どうすればいいのかと思う。

困惑している秀瑛の頬に、瑞龍が口づけてきた。

「分かっているのだ。これは俺の他愛《たわい》ない邪推だ」

「たわけだな」

秀瑛の容赦のない言葉に、瑞龍は情けなく眉を下げ、もう一度、今度は唇を重ねてきた。

「ん……」

柔らかく合わさり、軽く吸われる。チュ、と小さな音を立て、離れたそこから白い歯が零れ見えた。

「自分がこれほど悋気《りんき》が深いとは思っていなかった」

腕の中に秀瑛を取り込んだまま、瑞龍が呟く。

公明正大な兎乃国の若き王は、自分の狭量さを反省しながら、それでも秀瑛を取り込んだ腕を放さない。

「本当にたわけだな」

秀瑛の声に、瑞龍が困ったような顔を作り、「まったくだ、困ったものだ」と、自分で言って笑っている。

「たわけがすぎて言葉もないな！」

「分かっている。分かっているからあまり言ってくれるな」

「この私が、お前以外の者に心を移すと思うのか」

強い視線で睨むと、瑞龍が驚いたように目を見張り、意外だというようなその表情にムッとする。

「それほど私のことが信用ならないか」

「いや、そんなことはない」

「私がその辺の輩を簡単にたらし込む節操のないやつだと、お前は言うのだな！」

「いや、いや、秀瑛、そんなことは言っていない。だから俺自身の心の問題であって……」

瑞龍が慌てて言い繕いながら、腕の中で暴れる秀瑛を宥めにかかる。

「お前だけと誓った。私の命はお前に預けているというのに」

「分かっている」

「分かっていない。お前はなんでも『分かっている』と簡単に言……っ、ふ」

文句を言い募る唇を塞がれた。

唇を合わせたまま、秀瑛を見つめる瞳が柔らかく和んでいる。

さっきまでは眉間に皺を寄せ、不機嫌そうだったのに、コロリと変わる表情が気に食わない。

「秀瑛。分かっている。そうだな。お前は俺だけのものだ」

上機嫌でそんな言葉を吐く男に、「恥ずかしいやつめ」と悪態をつくが、瑞龍は笑顔のまま「だから機嫌を直せ」と言う。

安易な懐柔の態度を示す瑞龍を睨みつけながら、再び下りてくる唇を、自分から迎えにいった。

あとがき

こんにちは。もしくははじめまして。野原滋です。このたびは拙作「気高き愚王と野卑なる賢王」をお手に取っていただき、ありがとうございました。

中華と和風とを融合させたようなオリジナルの世界観です。こういったお話を書くのは初めてのことで、だいぶ苦労をしました。

ここ最近は不憫で健気なキャラを書くことが多く、今回の受けのようなはねっ返りで気位の高いキャラはだいぶ久し振りで、とても楽しく執筆することができました。まあ、受けの境遇は相変わらず不憫なのですが……。

お話がとてもシリアスに進むので、緩和剤的に何か丸くてふわふわしたものを入れようと考えまして、マールに登場してもらいました。はっきりと言明はしていませんが、モデルはマヌルネコで、あのブサかわいさがたまりません。担当さんも資料として検索したときに、やられたと言っていました（笑）。

今回イラストを担当くださった白崎小夜先生。素敵なイラストをありがとうございました！　カバーも色鮮やかで、二人の凜々しくも色っぽい姿に歓喜しました。何度も画像を開いては、ニヤニヤしながら溜息を吐いております。現物を手にするのが今から楽しみでなりません。

担当様にも毎度お世話になりました。キャラの衣装や小道具、それからマールの参考資料など、詳細にお調べいただき大変感謝しております。お送りいただいた資料のお蔭で、お話の世界観、生活の様子などが作りやすかったです。

最後に、ここまでお付き合いいただいた読者さまにも厚く御礼申し上げます。

境遇の違う二人の王。すれ違い、ぶつかり、惹かれ合い、引き裂かれ、それでも求め合う二人の生き様を、どうか温かい目で見守ってやってください。

また次の機会にもお目にかかれることを切に願います。

野原滋

本作品は書き下ろしです。

ラルーナ文庫

この本を読んでのご意見・ご感想・ファンレターなどお待ちしております。〒111−0036 東京都台東区松が谷1−4−6−303 株式会社シーラボ「ラルーナ文庫編集部」気付でお送りください。

気高《けだか》き愚王《ぐおう》と野卑《やひ》なる賢王《けんおう》

2019年1月7日　第1刷発行

著　　　者｜野原《のはら》 滋《しげる》
装丁・DTP｜萩原 七唱
発　行　人｜曺 仁警
発　行　所｜株式会社 シーラボ
〒111-0036　東京都台東区松が谷 1-4-6-303
電話　03-5830-3474／FAX　03-5830-3574
http://lalunabunko.com
発　　　売｜株式会社 三交社
〒110-0016　東京都台東区台東 4-20-9　大仙柴田ビル 2 階
電話　03-5826-4424／FAX　03-5826-4425
印刷・製本｜中央精版印刷株式会社

ISBN978-4-8155-3203-1